心向美好，追求好的生活姿态，终归是好。

世间美好，相信的人能得到。

U0832564

诗 与 远 方 系 列

▲

心美好时

泰戈尔 王尔德 鲁迅 等著

时代出版传媒股份有限公司
北 京 时 代 华 文 书 局

图书在版编目（CIP）数据

心美好时 / (印) 泰戈尔等著；方圃译 . -- 北京：北京时代华文书局，2016.6
（诗与远方系列）
ISBN 978-7-5699-0926-5

Ⅰ . ①心… Ⅱ . ①泰… ②方… Ⅲ . ①散文集－世界 ②诗集－世界 Ⅳ . ① I16 ② I12

中国版本图书馆 CIP 数据核字 (2016) 第 098878 号

心美好时

著　　者 | ［印］泰戈尔等
译　　者 | 方　圃

出 版 人 | 杨红卫
选题策划 | 陈丽杰
责任编辑 | 陈丽杰　苏　璨
装帧设计 | 龙　梅　段文辉
责任印制 | 刘　银　訾　敬

出版发行 | 时代出版传媒股份有限公司 http: //www.press-mart.com
北京时代华文书局 http: //www.bjsdsj.com.cn
北京市东城区安定门外大街 136 号皇城国际大厦 A 座 8 楼
邮编：100011　电话：010－64267955　64267677
印　　刷 | 北京中科印刷有限公司　010 - 69590320
（如发现印装质量问题，请与印刷厂联系调换）
开　　本 | 880mm×1230mm　1/32
印　　张 | 7
字　　数 | 230 千字
版　　次 | 2016 年 7 月第 1 版　2016 年 7 月第 1 次印刷
书　　号 | ISBN 978-7-5699-0926-5

定　　价 | 36.00 元

目录
CONTENTS

一
世间没有不好的东西

二

因为她那么看过我

三

我有多种多样的乐趣

四
有所保留才会有所创造

一
世间没有不好的东西

生活中的有些事情本来就是应该被忘记的。当我们到达生命的终点，我只带上一生中最美好的回忆。

我喜欢年老，它给了我自由

莫里斯

某天，有个年轻人问我：人老了是什么感觉。我一下子怔住了，因为我还从未意识到——我已经老了。

这可能是我的生命中的第一次，我感觉活出了理想中的自我。很多时候，我也对自己的身体感到过绝望：满脸的皱纹，松弛的眼袋，下垂的屁股。我也总是因为看到镜中老态龙钟的自己而感到震惊，但

我并不会为此痛苦不堪。

我永远也不会去用真挚的友谊、精彩的生活或温馨的亲情，与为了少一些白发和扁平的肚子做交易。我老了，也就更懂得好好爱自己，不再对自己苛求完美。我变成了自己的朋友。我不会因为自己多吃了一片甜饼，或者没有整理床铺，或者花钱买了自己根本不需要的膨胀螺丝而自责。我见过太多的好友过早地离开了这个世界，还没有来得及安心享受这伴随着年老而来的宝贵自由。

如果我愿意，我可以看书、玩电脑一直到凌晨四点，然

后再一觉睡到午后；如果我愿意，我可以独自一人听着五六十年代的优美旋律而翩翩起舞；如果我愿意，我可以为我逝去的爱情黯然落泪，想哭就哭；如果我愿意，我可以穿着被发福的身体撑得紧紧的泳装在海滩上悠然漫步，然后纵情跃入海浪之中，对那些身着比基尼的人向我投来的怜悯目光，浑不在意。她们终究也会老去。

我知道，我的记性变差了。但换句话说，生活中的有些事情本来就是应该被忘记的。当我们到达生命的终点，我只带上一生中最美好的回忆。

我竟有这样的福气，黑发变成了银丝，青春的欢笑在我的脸上雕刻出了道道皱纹。有多少人，还没有开心地笑过；又有多少人，还没有熬到白发苍苍就已经悲戚地离去。我说“不”就是不，我说“行”就是行。当你慢慢老去的时候，你就会变得更加看得开，你就更不在乎别人对你的看法。我不再自我怀疑，我甚至修行来了可以犯错的权利。

我喜欢现在的我。我不会永生不死，但只要我活着，我就不会浪费生命悔恨过往，也不会担忧未来，每天饭后，我还要吃香甜的点心——

这就是年老的感觉，我喜欢年老，它给了我自由。

人生最重要的是一颗善心

林语堂

一位哲学家有一次曾问他的许多学生："人生在世、最需要的是哪一件事？"答案有许多。但最后有一位学生说："一颗善心。""正是。"那哲学家说："你在这善心两字中，包括尽了别人所说的一切，因为有着善心的人，对于自己，则能自安自足，能去做一切与己适宜的事，对于他人，则他是一个良好的侣伴。可亲的朋友。"一颗良好的心，一种爱人的性情，一种坦直、诚恳、忠厚、宽恕的精神，可以成为富翁的区区财产，与那种丰富的财产相比较，简直是不足挂齿了；怀着那种好心情，好精神的人，虽则没有一文钱可以施舍给人，但是他能比那些慷慨解囊的巨富，行更多的善事。假使一个人能够尽心努力去为国人服务，他的生命一定能有可惊的迅速的发达。最有助于人的生命的，莫过于从早年起，就养成善心善意与爱人的习惯一事了。我们尽管大量地给予他人以我们的亲爱、同情，我们的鼓励、扶助，然而那些东西，在我们本身是不会因“给予”而有所减少的。反而，我们给人愈多，则我们自己所得的也愈多，我们能把我们的亲爱、善意、同情、扶助给人愈多，则我们所能收回的亲爱、善意、同情、扶助也愈多。

人生一世，所能表现和得到的成绩、结果微乎其微，此中有一个原因，就在亲爱、同情的给予上我们不很慷慨。我们不太容易舍得给予他人我们的亲爱、同情与扶助，因之别人也“以我们之道，还治我们之身”。我们不是轻易能获得他人的亲爱、同情与扶助的。

几句温和的慰藉，亲热的同情鼓励的话，曾经使得J·B高夫恢复勇气，而于日后成为大演说家，成为世界上行善势力的中坚。常常向别人说亲热的话，经常注意别人的好处，说别人的好话，这种习惯的养成，是十分有益的，人类的坏处，就在彼此互相误解，彼此指责，彼此猜忌，我们总是依了他人的不好、缺憾、错误的地方而批评他人，假使人类能够取消这种误解、指责、猜忌，能彼此相亲爱，相同情，相扶助，则地上的天国，怕不久会来临吧！

我们大多数人都是因为贪得无厌，自私自利的心理，以及习惯于那足以硬化人心的、无情的、冷酷的商业行为之故，以至于目光狭隘，只能看到别人身上的坏处，而看不到他们的好处，假使我们真能改变态度，不注意去指责他人的缺点，而只注意到他们的好处，则于己于人，均有益处。因为由于我们的发现，他人也能自觉到他们的好处，因之而得到兴奋与自尊，更加努力。假使人们彼此相处，都有亲爱互助的精神，这种态度，一定可以使世界文化产生一大革命。

世界上到处为那无私的、肯爱人助人的人建立纪念碑，这种纪念碑不一定是用大理石或铜来做成，而是建立在他人的心灵中！

在进行“善意与善事”上，人人可以得到胜利。宁可在职业上失败，在财产上失败，我们却不在这点上失败——在亲爱同情及助人的态度这一点上失败！

世间没有不好的东西

夏丏尊

新近因了某种因缘，和方外友弘一和尚聚居了好几日。和尚未出家时，曾是国内艺术界的先辈，披剃以后，专心念佛，见人也但劝念佛，不消说，艺术上的话是不谈起了的。可是我在这几日的观察中，却深深地受到了艺术的刺激。

他这次从温州来宁波，原预备到了南京再往安徽九华山去的。因为江浙开战，交通有阻，就在宁波暂止，挂褡于七塔寺。我得知就去看望他。云水堂中住着四五十个游方僧。铺有两层，是统舱式的。他住在下层，见了我笑容招呼，和我在廊下板凳上坐了说："到宁波三日了。前两日是住在某某旅馆里的。"

"那家旅馆不十分清爽罢。"我说。

"很好！臭虫也不多，不过两三只。主人待我非常客气呢！"

他又和我说了些轮船统舱中茶房怎样待他和善，在此地挂褡怎样舒服等等的话。

我惘然了。继而邀他明日同往白马湖去小住几日，他初说再看机会，及我坚请，他也就欣然答应。

行李很是简单，铺盖竟是用粉破的席子包的。到了白马湖后，在春社里替他打扫了房间，他就自己打开铺盖，那粉破的席子珍重地铺在床上，摊开了被，再把衣服卷了几件作枕，拿出黑而且破得不堪的毛巾走到湖边洗面去。

“这手巾太破了，替你换一条好吗？”我忍不住了。

“哪里！还好用的，和新的也差不多。”他把那破手巾珍重地张开来给我看，表示还不十分破旧。

他是过午不食了的。第二日未到午，我送了饭和两碗素菜去（他坚说只要一碗的，我勉强再加了一碗），在旁坐了陪他。碗里所有的原只是些莱菔、白菜之类，可是在他却几乎是要变色而作的盛馔，喜悦地把饭划入口里，郑重地用筷夹起一块莱菔来的那种了不得的神情，我见了几乎要下欢喜惭愧之泪了！

第二日，有另一位朋友送了四样菜来斋他，我也同席。其中有一碗咸得非常的，我说：“这太咸了！”

“好的！咸的也有咸的滋味，也好的！”

我家和他寄寓的春社相隔有一段路，第三日，他说饭不必送去，可以自己来吃，且笑说乞食是出家人的本等的话。

“那么逢天雨仍替你送去罢！”

“不要紧！天雨，我有木屐哩！”他说出木屐二字时，神情上竟俨然是一种了不得的法宝。我总还有些不安。他又说：“每日走些路，也是一种很好的运动。”

我也就无法反对了。

在他，世间竟没有不好的东西，一切都好，小旅馆好，统舱好，挂褡好，粉破的席子好，破旧的手巾好，白菜好，莱菔好，咸苦的蔬菜好，跑路好，什么都有味，什么都了不得。

这是何等的风光啊！宗教上的话且不说，琐屑的日常生活到此境界，不是所谓生活的艺术化了吗？人家说他在受苦，我却要说他是享乐。当我见他吃莱菔白菜时那种愉悦的光景，我想：莱菔白菜的全滋味、真滋味，怕要算他才能如实尝得的了。对于一切事物，不为因袭的成见所缚，都还他一个本来面目，如实观照领略，这才是真解脱、真享乐。

艺术的生活，原是观照享乐的生活，在这一点上，艺术和宗教实有同一的归趋。凡为实利或成见所束缚，不能把日常生活咀嚼玩味的，都是与艺术无缘的人们。真的艺术不限在诗里，也不限在画里，到处都有，随时可得。能把它捕捉了用文字表现的是诗人，用形及五彩表现的是画家。不会作诗，不会作画也不要紧，只要对于日常生活有观照玩味的能力，无论如何，都能有权去享受艺术之神的恩宠，否则虽自号为诗人画家，仍是俗物。

与和尚数日相聚，深深地感到这点。自怜囫囵吞枣地过了大半生，平日吃饭着衣，何曾尝到过真的滋味！乘船坐车，看山行路，何曾领略到真的情景！虽然愿从今留意，但是去日苦多，又因自幼未曾经过好好的艺术教养，即使自己有这个心，何尝有十分把握！言之怃然！

与其做无聊的创作者，宁可做好的读者

夏丏尊

文艺不但在创作上是人的表现，就是在鉴赏上也是人的反映。浅薄的人不能写出好的文艺，同时浅薄的人也不能了解好的文艺。创作与鉴赏，在某种意义上，是一致的事情。日本厨川白村在他的《苦闷的象征》里，曾把鉴赏称为“共鸣的创作”。真的，鉴赏也是一种创作，不过创作是作家自己表现，鉴赏却是由作家所表现的逆溯作家，顺序上有不同而已。

真有鉴赏力的读者应该以读者的资格自负，不必惭愧自己并非作家。在艺术的各部门中，最容易使人发生创作野心的，要算文艺了。听到名曲的时候，看到好绘画、好雕刻、好戏剧的时候，普通人都只以听者、观者自居，除了鉴赏享乐以外，不会发生自己来作曲弹奏、自己来执笔运凿、自己来现身舞台的野心。对于文艺可不然。普通人只要读过几册文艺书，往往就想自己试作，不肯安居于读者的地位。因为文艺所用的材料是我们日常习用的语言，表面上看来，不像别种艺术那样对于材料须有练习功夫与专门知识。可是要知道，鉴赏是共鸣的创作，这是就心情上说的。实际的文艺创作到底要靠天才，不是普通人所能胜任。文艺所用的材料虽是日常语言，似乎不如别种艺术那样需要特别素养，但是，语言文字的驱遣究竟要有过人的敏感和熟练才行，这也不比别种艺术来得容易。再说，文艺是作者的自己表现，作者自身如果没有特出的人格（这并非仅指道德而言），即使对于语言文字有了特出的技巧，也还是没有用的。

文艺鉴赏本身自有价值，不必定以创作为目的。这情形恰和受教育不必定以做教师为目的一样。不消说，要做教师，先得受教育；要创作文艺，先得鉴赏文艺。可是创作究竟不能单从鉴赏而成功。不信，但看事实。每年从各国大学文学科毕业的，合计起来总该有几万人吧，他们当然是研究了文艺上的法则，熟谙了语言文字的技巧的了，当然是读破名著，富有鉴赏力的了，然而他们大多数没有成为作家！全世界成功的作家还是寥寥可数。并且，成功的作家之中，有些人竟没有入过大学。俄国的当代名小说家高尔基是面包工人出身。有些人虽曾入过大学，却不是文科出身。俄国的契诃夫是医科出身，日本的有岛武郎是学农业的。

鉴赏文艺未必就能成为创作家，这个话似乎会使诸君灰心。其实只要能鉴赏，不能创作也没有什么惭愧，因为我们由于作品的鉴赏，已经与作家作精神上的共鸣了，已经把自己提高到和作家相近的地位了。真有听音乐的耳朵的，听了某名曲所兴起的情绪，照理该和作曲者制曲时的情绪一样。所以就某名曲说，在技巧上，听者固然不及作者；可是在享受上，听者和作者是相等的，只要他善于听。

作家原值得崇拜。自己果真有创作的天才，不消说，自然应该把它发挥出来。但是，接近文艺的人个个要想成为作家，那究竟是不可能的事。与其做一个无聊的创作者，宁可做一个好的读者、欣赏者。我们不必为不能创作自惭，还该以好的读者、欣赏者自负。

我们所做的只是缝缝补补罢了

许地山

她坐在檐前，微微的雨丝飘摇下来，多半聚在她脸庞的皱纹上头。她一点也不理会，尽管收拾她的筐子。

在她的筐子里有很美丽的零剪绸缎；也有很粗陋的麻头、布尾。她从没有理会雨丝在她头、面、身体之上乱扑，只提防着筐里那些好看的材料沾湿了。

那边来了两个小弟兄，也许他们是从学校回来。小弟弟管叫她作“衣服的外科医生”，现在见她坐在檐前，就叫了一声。

她抬起头来，望着这两个孩子笑了一笑。那脸上的皱纹虽皱得更厉害，然而生的痛苦可以从那里挤出许多，更能表明她是一个享乐天年的老婆子。

小弟弟说：“医生，你只用筐里的材料在别人的衣服上，怎么自己的衣服却不管了？你看你肩膀补的那一块又该掉下来了。”

老婆子摩一摩自己的肩膀，果然随手取下一块小方布来。她笑着对小弟弟说："你的眼睛实在精明！我这块原没有用线缝住，因为早晨忙着要出来，只用浆子暂时糊着，盼望晚上回去弥补，不提防雨丝替我揭起来了！……这揭得也不错。我，既如你所说，是一个衣服的外科医生，那么，我是不怕自己的衣服害病的。"

她仍整理筐里的零剪绸缎，没理会雨丝零落在她身上。

哥哥说："我看爸爸的手册里夹着许多的零剪文件，他也是像你一样：不时地翻来翻去。他……"

弟弟插嘴说："他也是另一样的外科医生。"

老婆子把眼光射在他们身上，说："哥儿们，你们说得对了。你们的爸爸爱惜小册里的零碎文件，也和我爱惜筐里的零剪绸缎一般。他凑合多少地方的好意思，等用得着时，就把他们编连起来，成为一种新的理解。所不同的，就是他用的头脑；我用的只是指头便了。你们叫他作……"

说到这里，父亲从里面出来，问起事由，便点头说："老婆子，你的话很中肯。我们所为，原就和你一样，东搜西罗，无非是些绸头、布尾，只配用来补补破衲袄罢了。"

父亲说完，就下了石阶，要在微雨中到葡萄园里，看看他的葡萄长芽了没有。这里孩子们还和老婆子争论着要号他们的爸爸做什么样医生。

空虚时，你是否真正热爱独处

奥雷阿

我不在乎你如何谋生，
只想知道你有何渴望，
是否敢追逐心中梦想。

我不关心你年方几何，
只想知道面对爱情和梦想，
你是否会无所保留，
像个傻瓜般投入得透彻。

生命的背叛，
在你心口上划开缺口，
热情逐日消减，恐惧笼罩心田，

我想知道，你能否和伤痛共处，
用不着掩饰，或刻意忘却，更别把它封堵。

我想知道，你能否和快乐共舞，
翩翩起舞，无拘无束，从嘴唇，到指尖，
到脚趾头都把热情倾注。

这一刻，
忘记谨小慎微，现实残酷，忘记生命的束缚。

我想知道，你能否从每天平淡的点滴中发现美丽，
能否从生命的迹象中寻找到自己生命的意义。

我想知道，你能否坦然面对失败，
——你的或者我的，
即使失败，也能屹立湖畔，
对着一轮银色满月呼喊：“我可以！”

我想知道，
当悲伤和绝望整夜踯躅，
当疲倦袭来，伤口痛彻入骨，
你能否再次爬起来，为生活付出。
我不关心你认识何人，为什么在此处。

我想知道，生命之火熊熊燃烧时，
你是否敢和我一起，
站在火焰中央，凛然不怵。

我不关心你在哪里受什么教育，
我想知道，当一切都背弃了你，是什么将你支撑着前行。

我想知道，你是否经受得住孤独，
空虚时，你是否真正热爱独处。

感人的事

清少纳言

感人的事是：孝顺的儿子；鹿的叫声；身份很好的年轻男子潜心的修行、念诵经文，想着他恩爱的妻子夜里醒来，听着他念经的声音的那一种神情，也很感人。

在十月中旬，听着若有若无的蟋蟀的叫声，看着母鸡抱卵的样子。在深秋的庭院里，长得很短的茅草，上头带着些露珠，像珠子似的发着光。苦竹被风吹着的傍晚，或是夜里醒过来，这一切都让人觉得有点哀愁。相思的年轻男女，有人从中妨碍他们，使得他们不能如意。山村里下雪。男人或女人都很俊美，却穿着黑色的丧服。每月的二十六、二十七日的夜里，谈天谈到了天亮，起来看时，只见若有若无的渺茫的残月，挂在山边很近的地方，实在是令人觉得悲愁的。秋天的原野。已经年老的僧人们他们一直在修行。荒废的庭院里，爬满了藤蔓，很高地生着艾蒿，月光普照着，而风又那样徐徐地吹着。

去证明朋友对你而言是多么重要

加西亚·马尔克斯

如果有那么一个瞬间，上帝忘记我是一只布偶并赋予我短暂的生命，也许我不会说出心中的一切所想，但我必定会思考我所说的一切。

我会评价事物，按其意义大小而非价值多少。

我会少睡觉，多思考。因为我知道，每当我们闭眼一分钟，也就同时失去了60秒。当他人停驻时我会前行，当他人沉睡时我会清醒，当他人开谈时我会倾听，就像享受一支美味的巧克力冰激凌！

如果上帝赏我一段生命，我会简单装束，趴在阳光下，袒露的何止身体，还有我的灵魂。

上帝呀，如果我有一颗心，我会把仇恨写在冰上，然后期待太阳升起；我会用梵·高的梦在星星上画一首贝内德第的诗，而

塞莱特的歌将是我献给月亮的小夜曲。我会以泪水灌溉玫瑰，以此体味花刺的痛苦和花瓣的亲吻……

上帝呀，如果我有一段生命……我不会放过就算是一天，而不对所爱之人表达我的爱。我会让每个男人和女人都了解他们皆我所爱，我要带着爱心去生活。

对于大人，我会向他们证明，那种认为因衰老而失去爱的想法是何等错误，我们是因为失去爱才变老而不是与之相反。对于孩子，我会为他们插上双翼而让他们自己学会飞翔；对于老人，我会教给他们死亡的来临不是因为变老而是因为忘却。

人呀，自你们身上，我学会了太多东西……我知道，人们都想伫立在巅峰上，却不知，真正的幸福其实就在于攀登险阻的过

程。我知道，当婴儿用小拳头第一次抓住爸爸的手指时，他也就永远地抓住了它。

我明白，一个人只有在帮助他人站起时才有权力俯视他。我能够从你们身上学到的东西是如此之多，可事实上已经没什么意义，因为当人们将我装进棺材时，我正在死去。

永远说你所感，做你所想吧！如果我知道今天是我最后一次看你入睡，我会热烈地拥抱你，祈求上帝守护你的灵魂。如果我知道这是最后一次看你走出家门，我会抱一抱你，吻一吻你，然后重新叫住你，再来一次。如果我知道这是最后一次听到你的声音，我会录下你的每个字句，以便可以一遍又一遍永无穷尽地倾听。如果我知道这是看到你的最后几分钟，我会说“我爱你”，而不是傻傻地认为你已心知肚明。

永远有一个明天，生活给我们另一个机会把事情做好，可是如果我弄错了，今天就是我们所剩的全部，我会对你说我有多爱你，我永远不会忘记你。

明天从不向任何人做保证，无论是老是少，今天可能就是你最后一次与你所爱的人相见。因此，切莫等待，现在就开始！因为如果明天永远不来，你也许会后悔今天没来得及微笑，拥抱，亲吻，会后悔自己忙碌得只能把它们归为一个最后的愿望。保护周围你爱的人吧，告诉他们你多么需要他们。爱他们，善待他们，用些时间对他们说：“对不起”，“原谅我”，“劳驾”，“谢谢”，以及你知道的所有爱的话语。

没有人会因为你内心隐藏的思想而记住你。向上帝祈求力量和智慧来表达它们吧，去证明给你的朋友看，他们对你而言是多么重要。

青春是面对现实去想象的能力

毛姆

人这一生必须艰苦跋涉，越过一大片土地贫瘠、地势险峻的原野，才能跨入现实的门槛。认为青春是幸福的，这不过是一种幻想，是青春不再之人的一种幻想。但是，年轻人明白自己是不幸的，因为他们头脑里充满了灌输给他们的种种脱离现实的幻想。他们一旦与现实接触，总是碰得头破血流。看来，他们似乎是某种阴谋的牺牲品，因为他们所读的书（由于必要的选择很理想）；还有长辈们之间的谈话（他们是透过玫瑰色的雾霭来回首青春的），这一切都为他们准备好了一个不真实的生活。

他们必须自己发现，他们所读过的书，所听到的话，全是谎话！谎话！谎话！而每一次的发现，都是往那具已被钉在生活十字架上的躯体再钉入一枚钉子。奇怪的是，每一个经历过痛苦幻灭的人，由于受到他自身抑制不了的力量的驱使，又总是无意中增添了这种幻灭的痛苦。

对于菲利普来说，和海沃德的交往是一件最糟糕的事。他对任何东西都不肯亲眼去观察，而只是通过书本知识来认识。他是危险的，因为他欺骗他自己，达到了如痴如狂、诚心诚意的程度。

他真诚地将自己的淫荡误认为是浪漫的感情，把自己的优

柔寡断误认为是艺术家的气质，把自己的偷懒误认为是哲学家的冷静。他的思想因为追求风雅而变得庸俗起来。他把一切事物都看得比实物大，轮廓模糊，还给它们蒙上一层多愁善感的金色雾霭。他撒谎，自己却没有意识到。别人为他指出来时，他却说谎言是美好的。他是个理想主义者。

于是，我想，话题又回到了我们所相信的东西是否真实，是否在愚弄自己。我们不能说我们读到的听到的都是欺骗，因为那

是别人的理想。理想和现实，想象和实践本来就是有差距的。我们只是不能按照我们读到的和听到的做。因为青春是自己的。想象也应该是自己的。青春是面对现实去想象的能力而不是按照别人的想象来欺骗自己。

尽情享受吧，我们这有这一辈子

蒙田

书带给人乐趣。但是，读得太多，最后又会丧失乐趣，还要损害身体，而快乐和健康却是我们最应该珍视的。如果最后竟弄到有损身心的地步，那么我们还是扔掉书本吧。有人认为，从书

上所得的弥补不了所失的，我认可这个观点。长期以来感到身体欠佳、健康有损的人最后只好听从医生的吩咐，请医生制定适当的生活方式，不再逾越；归隐的人也是如此，他对社交生活失去兴趣，乃至深感厌烦，他只得按理性的要求设计隐居生活，通过深思熟虑凭自己的见解好好地加以安排。他应当排除一切劳累困扰，不论它以哪种形式呈现；他也应当摆脱有碍于身心宁静的世俗之欲，而选择最符合自己性情的生活之路。

各人都来学会自择其途。

无论操持家务、钻研学问、出外捕猎或处理其他事情，都应当以不失乐趣为底限，要注意不要超过这个极限，不然苦便会开始掺进乐里。

从事学习、处理事务是我们保持良好状态的需要，也是避免另一极端（即慵懒、怠惰）所引起的不适的必需；我们的用功、处事就只应以此为度。

有些学科没有成效而且艰深难懂，那多半是为群氓而设的。就让那些媚俗的人去探讨它们吧！我嘛，我只喜欢有趣而且通俗的书本，它能调剂我的精神。我也喜欢那些给我带来慰藉、教导我便于处理生死问题的书籍。

我默默漫步于幽林之中，思考那值得智者、哲人探究的问题。

比我更有智慧的人们，如果具有刚强的、充满活力的心灵，可以为自己安排纯精神上的休闲生活，至于我，我只具备普通人的心灵，我得借助肉体之乐来维持自己。我已老了，与我的想法相符的乐趣已离我而去。此刻我正培养和激发自己的欲望，使之能领受比较适合我这个年龄的欢乐。我们必须全力抓紧去享受生活的乐趣，消逝的岁月正将我们恋栈的欢乐逐一夺走。

尽情享乐吧，我们只有这一辈子。

明天你只留下余灰， 化作幽灵，一切归于乌有。

二
因为她那么看过我

我想知道，你是否经受得住孤独，空虚时，你是否真正热爱独处。我想知道，你能否从每天平淡的点滴中发现美丽，能否从生命的迹象中寻找到自己生命的意义。

他们彼此喜爱着对方的沉默

约克・舒比格

从前有一条鲸鱼，他喜欢唱歌，但唱得不好。为了不吓着他的兄弟姐妹们，他只有独自一个的时候才唱。和同伴在一起时，他总是沉默。因为即使他说出的最平常的话——一路平安，你好——都有些黑色和沉重的味道。

于是这条鲸鱼就总是沉默。他总是沉默地游着。他的大多数同类都觉得他是哑的，甚至觉得他又聋又哑。他们用鳍向他打手势，动动他们的下颌，向他解释一些他很早就知道的事。

不过，就在这广阔寂静的海洋里，唯独有一个生物，十分喜欢这条鲸的声音。即使他说出的最平常的话——一路平安，你好，再见——她都喜欢。这个独一无二的生物也是一条鲸。另一条鲸鱼的歌声已经足够温暖她的心，很大的一颗心。这些情歌都是那条鲸特别为她唱的，但是他只在自己一个人的时候才唱。他从不知道其实她爱他超过这个海洋里的一切，因为在他身边的时候她也总是沉默着。他们一起，随着鱼群在洋流里前行，在海藻飘动的海浪里游着。他们彼此喜爱着对方的沉默。

这是一种很特别的沉默，含有这寂静的海洋的广大无边的沉默的味道。而在一条鲸的沉默里，另一条能感觉到像海的呢喃一样的低吟声，那么逼真，就好像真的存在。他们俩并肩前游，偶尔动动鳍，眨眨眼。这是那么美又那么忧伤，他们忍不住流泪了。有时是他，有时是她，有时是他们一起。但他不知道她的忧伤，她也不知道他的，因为在海中他们的泪是看不见的，而且那味道又如此地接近海水。

但这仍然是很美的一幅画：两条超过二十五米的生物，比十六只大象还要重，有很大的地方可以留给痛苦。当然，也留给欢乐。而这一切，都发生在海洋的中心，那无边无际的海洋的中心。

男人爱女人的最好方式就是不让她无聊

阿尔弗雷德·希区柯克

他们第一次见面时，他只是一个字幕设计师，尽管读完剧本后他的脑海中便会出现整部电影，但没有人看重他。她上学时成绩优秀，却因为患上舞蹈症被迫放弃学业，成了电影公司的剪辑师。他只比她大一天，而在拍电影方面的知识上，她远比他懂得多。

他最初被她吸引，是因为她咯咯的笑声和别致的红头发。

那时的她活泼美丽，是一个善于交际、魅力无穷的女孩。尽管他对她一见钟情，但是，他觉得立刻表白有点不妥，他自卑而害羞。一个男人在长相上不尽人意，就只能以事业之长补他处之短，他决定先让自己成为副导演，然后再去追求她。

他们交往的方式很不浪漫，她认识他之后不久就失业了，他是以提供工作机会的方式接近她并向她求爱的。

婚后，他们的共同语言无穷无尽，他觉得他们的婚姻本身就像一部电影。

他一次次把自己的作品推向成功之巅，但她知道，无论他在事业上多么成功，在内心深处，他始终是一个不安的害怕黑暗的孩子。

他对黑暗的恐惧源自童年。他出生于蔬果商家，是最小的孩子，父亲卖的东西容易腐烂的特质经常令他感到不安。在他很小的时候，某天晚上，他独自在黑暗中醒来，整间屋子唯有黑暗，他找不到父母，他们出去散步了。此后，对黑暗的厌恶便相伴一生。

他觉得黑暗代表的是一个未知的世界，而他一直喜欢熟悉的事物。他说："人永远都不可能知道黑暗中潜伏着什么，也不希望知道，看不见的东西才会让人恐惧。"

他不喜欢改变，尤其讨厌搬家，他觉得那就像在承受一种病痛。她便陪着他，不搬到更大的房子里。

他沉溺于减肥，为了让他觉得好受一些，她便陪着他一起减肥。他吃什么，她就跟着吃，结果他没瘦，她却瘦了。他曾笑着跟朋友说，他不敢长期减肥，否则他那尊敬的夫人很可能会瘦到完全消失。

他们相伴了一生，她是她唯一的最感激最心爱的女人。有人说，导演的创作激情来自对女演员的爱，可她从不怀疑他，也不嫉妒那些红粉女郎。她知道，电影一结束，他最想回的地方就是他们的家。当年迈的他们被病痛折磨时，他最难过的是，越来越没有什么事情可以引起她的兴趣，虚荣心已离她而去，他很怀念它。他无法想象没有她的生活，他从不想她会先他而死，这太可怕了。

他们最后一次出席公开场合的活动是那次美国电影研究院颁给他终身成就奖的大会。

在大会上，他提到四个人："四个人中的第一位是电影剪辑师，第二位是编剧，第三位是我女儿帕特的母亲，第四位是一直在厨房中展现奇迹的优秀厨师—— 她们的名字都是阿尔玛·雷维尔。"

他伤感地说，这可能是他和她最后一次出席这种场合，可能是他在公众面前向她表示敬意的最后一次机会。

所有的人都站了起来，除了他的妻子阿尔玛——多次中风的她，身体早已很虚弱了，这天能来到这儿，完全是依靠她对丈夫的爱。

回顾这一生，她说："相伴那么多年，我的丈夫从未让我觉得无聊，我相信有资格这么说的女人不会很多。"

是的，男人爱女人的最好方式，就是不让自己的女人觉得无聊。

因为她那么看过我

老舍

人是为明天活着的，因为记忆中有朝阳晓露；假若过去的早晨都似地狱那么黑暗丑恶，盼明天干吗呢？是的，记忆中也有痛苦危险，可是希望会把过去的恐怖裹上一层糖衣，像看着一出悲剧似的，苦中有些甜美。无论怎么说吧，过去的一切都不可移动；实在，所以可靠；明天的渺茫全仗昨天的实在撑持着，新梦是旧事的拆洗缝补。

对了，我记得她的眼。她死了许多年了，她的眼还活着，在我的心里。这对眼睛替我看守着爱情。当我忙得忘了许多事，甚至于忘了她，这两只眼会忽然在一朵云中，或一汪水里，或一瓣花上，或一线光中，轻轻地一闪，像归燕的翅儿，只须一闪，我便感到无限的春光。我立刻就回到那梦境中，哪一件小事都凄凉，甜美，如同独自在春月下踏着落花。

这双眼所引起的一点爱火，只是极纯的一个小火苗，像心中的一点晚霞；晚霞的结晶。它可以烧明了流水远山，照明了春花秋叶，给海浪一些金光，可是它恰好地也能在我心中，照明了我的泪珠。

它们只有两个神情：一个是凝视，极短极快，可是千真万确的是凝视。只微微地一看，就看到我的灵魂，把一切都无声地告诉了给我。凝视，一点也不错，我知道她只须极短极快地一看，看的动作过去了，极快地过去了，可是，她心里看着我呢，不定看多么久呢；我到底得管这叫作凝视，不论它是多么快，多么短。一切的诗文都用不着，这一眼道尽了“爱”所会说的与所会做的。另一个是眼珠横着一移动，由微笑移动到微笑里去，在处女的尊严中笑出一点点被爱逗出的轻优，由热情中笑出一点点无法抑止的高兴。

我没和她说过一句话，没握过一次手，见面连点头都不点。可是我的一切，她知道；她的一切，我知道。我们用不着看彼此的服装，用不着打听彼此的身世，我们一眼看到一粒珍珠，藏在彼此的心里；这一点点便是我们的一切，那些七零八碎的东西都是配搭，都无须注意。看我一眼，她低着头轻快地走过去，把一点微笑留在她身后的空气中，像太阳落后还留下一些明霞。

我们彼此躲避着，同时彼此愿马上搂抱在一处。我们轻轻地哀叹；忽然遇见了，那么凝视一下，登时欢喜起来，身上像减了分量，每一步都走得轻快有力，像要跳起来的样子。

我们极愿意说一句话，可是我们很怕交谈，说什么呢？哪一个日常的俗字能道出我们的心事呢？让我们不开口，永不开口吧！我们的对视与微笑是永生的，是完全的，其余的一切都是破碎微弱，不值得一做的。

我们分离有许多年了，她还是那么秀美，那么多情。在我的心里，她将永远不老，永远只向我一个人微笑。在我的梦中，我常常看见她，一个甜美的梦是最真实，是纯洁，最完美的。多少人生中的小困苦小折磨使我丧气，使我轻看生命。可是，那个微笑与眼神忽然地从哪儿飞来，我想起唯有“人面桃花相映红”差可比拟的一点心情与境界，我忘了困苦，我不再丧气，我恢复了青春；无疑的，我在她的洁白的梦中，必定还是个美少年呀。

春在燕的翅上，把春光颤得更明了一些，同样，我的青春在她的眼里，永远使我的血温暖，像土中的一颗籽粒，永远想发出一个小小的绿芽。一粒小豆那么小的一点爱情，眼珠一移，嘴唇一动，日月都没有了作用，到无论什么时候，我们总是一对刚开开的春花。

不要再说什么，不要再说什么！我的烦恼也是香甜的呀，因为她那么看过我。

那就是爱情

卡里·纪伯伦

太阳渐渐从花园收起余晖，月亮在花朵上洒下柔美的银光。此时我正坐在树丛下，思索着这瞬息万变的景象，仰望枝叶间的满天繁星，这点点繁星就像撒落在蓝色地毯上的闪烁银币。我侧耳细听，远处传来山涧小溪淙淙的流水声。

夜鸟投林，花儿合拢起花瓣，四周一片寂静。这时，我听到草地上传来一阵“沙沙”的脚步声。我留神地听着，然后看到一对青年男女向我坐着的凉棚走来。他们坐在一棵枝繁叶茂的树下，他们看不见我，我却能看清他俩。

小伙子先向四周望了望，然后才听见他开腔：“坐在我身旁吧，亲爱的，细听我的心跳；笑一笑吧，因为你的欢乐象征着我们的未来；高兴起来吧，因为我们精彩的日子充满欢乐。

不久以后，月光照耀下的这片广阔土地将属于你；不久以后，你将成为我宫殿的女主人，所有的随从和女仆都任你使唤。

微笑吧，亲爱的，就像父亲宝库中的黄金那样微笑吧。

我的心执意要在你面前倾吐秘密。在未来的一年里，我们将共享舒适，携手旅游；在这一年里，我们将带上父亲的金钱，到瑞士的蔚蓝湖泊边度假；你将会见诸位公主，你一身的珠光宝气和奢华穿着，连她们都会对你妒忌。

“这一切都是我要献给你的，你可满意？”

过了一会儿，我看到他俩慢慢地走开，脚下践踏着鲜花，就好像富人践踏着穷人的心。他们消失在我视野之外以后，我开始比较爱情与金钱，分析爱情和金钱在心灵中所占的地位，金钱，这虚情假意之源，这虚假光明和命运之源，这毒鸩之源，这暮年时的绝望之源！

在我浮想联翩之际，一对潦倒的情侣经过我面前，然后坐在草地上。这又是一对青年男女，他们离开附近的田间农舍，来到这个清静的地方。

先是一阵沉默，然后我听到那粗糙的唇间吐出的话语和叹息：“别哭了，亲爱的，爱情使我们眼亮心明，让我们成为它的仆从，也赋予我们耐心。虽然我们要推迟婚期，但不要悲痛，因为我们已经发过誓，踏入了爱的神殿，因为我们的爱会在逆境中茁壮成长，因为我们是在爱的名义之下，承受着贫困的折磨与分离的惨痛和空虚。亲爱的，再见了，在鼓舞人心的月亮落去之前，我该走了！”

随后，他俩分了手，为他们奏起的重逢挽歌被我内心的哭喊重重压下。

我注视着沉睡的大自然，深思之后参透了一样无边无际的东西——一种用权力无法强求、用势力无法获得、用金钱也无法买到的东西，一种时间的泪水不能抹掉、悲伤不能冲淡的东西，一种不能为严冬的悲愁所扼杀的东西，一种在瑞士的蔚蓝湖畔、意大利的优美建筑中找不到的东西。

它以耐心积聚力量，在重重的困难中成长，在严冬获得温暖，在春天开花生长，在夏天送去柔柔清风，在秋天繁茂结果——那就是爱情。

热烈的爱情比完美无瑕的友谊更为常见

拉布吕耶尔

在纯洁的友谊中有一种平庸之辈无法领略的情趣。

爱情是不假思索的感情，由于欲念或软弱，它猝然而生：一颦一笑使我们动情，使我们矢志不移，相反，友谊是随着时间，通过接触和长期的交往逐渐形成的。朋友间多年的默契，善意，情谊，关照和殷勤，却比不上一张漂亮的面孔或一只秀美的手刹那间的魅力。

时光的流逝加强友谊，却削弱爱情。

只要爱情存在，它就能依靠自身的力量，而且通过那些有时表面看来似乎应该使它熄灭的东西——如任性、冲突、别离、嫉妒——继续下去。相反，友谊需要栽培。由于缺乏照料、信赖和殷勤，它可能死去。

热烈的爱情比完美无瑕的友谊更为常见。

爱情和友谊互相排斥。

经历过伟大爱情的人轻蔑友谊；而耕耘崇高友谊的人尚未为爱情贡献任何东西。

爱情以爱情开始；而最诚笃的友谊只能转变成微弱的爱情。

亲爱的，你是我失落的美丽自身的另一半

圣·琼·佩斯

在一间孤独的茅屋内，坐着一位年轻的男子。他透过窗户一会儿张望缀满群星的夜空，一会儿又低头凝视着手中一位姑娘的画像。那画像的每根线条、每种色彩，都在青年的脸上反映出来，因此，这世界上的秘密和永恒世界的天机都在这脸上显露无遗。那姑娘的画像在与青年喁喁私语，情意绵绵，使他的两眼变得就像耳朵似的，能听懂那屋子里遨游的灵魂的语言；那画像又仿佛把青年的一切化为一颗心。爱情使它如火一般炽烈，相思又使它如海一样深沉。

就这样过了一个小时，那时间好似美梦中一分钟那样短暂，又仿佛是在永恒的人生中度过了一年。然后，青年把画像在面前放好，提笔在一张纸上写道：

“我心爱的人！”伟大的超然物外的真情实感，无法通过人

类相通的语言在人与人之间相传，而只能靠心心相印，默无一言。今夜万籁俱寂，我觉得正是这静谧在你我两颗心之间把情书递传。这书信是如此轻柔，胜似微风把深情写在水上头；这静谧又仿佛拿着我们两颗心中的情书，对我们两颗心轻轻地诵读。但是，正如上帝的旨意把心灵囚禁在躯体内部，爱情的旨意竟让我也变成了话语的俘虏……亲爱的：人们说，爱情会把人变得好似熊熊烈火在燃烧，能把一切都吞噬掉；我发现，离别的时间不能将你我的精神世界隔断。还有，第一次相见，我就知道我的心灵早已认识你不知多少年了。看到你的第一眼，实际上并非是第一眼……我亲爱的：使我们这两颗被苍天贬谪下凡的心重新相聚在一起的时分，使我不禁再次相信，心灵的确不会泯灭，它将永世长存。只在这样的时刻里，造化才算揭去了自己的假面具，露出了它那有限的常令人怀疑的正义……

“亲爱的，你是否还记得那座花园——我们曾站在那里相互注视着情人的脸？你是否知道，当时你的眼神告诉我，你对我的爱并非出自对我的怜悯？那眼神告诉我，并教我对自己，也对世人说：出自公正的馈赠远胜过悲天悯人的施舍，而虚假的爱情则像沼泽中的水一样污浊。”

“亲爱的，我想让自己度过伟大、壮丽的一生，能让后世人长记心中，引起他们的爱戴，博得他们的尊敬。我遇见你时，这一生已经开始，而我深信它会永垂青史。因为我认为你是那样不凡，一定能将上帝寄存我身上的神力通过伟大的言行得以体现，就好似太阳催开百花，使它们争奇斗艳，馨香满园。像这样，我的爱将永世存在，为我自己，也为后代，我爱人们！这爱是纯洁的，毫无私心；我更爱你，这爱是高尚的，超凡脱俗。”

青年站起身，在屋子里走来走去。然后他向窗外望去，只见月光溶溶，月色迷离。他坐下来，又接着写下去：“原谅我吧，亲爱的：因为我刚才竟用了第二人称与你交谈，而实际上，你是我们同时出自上帝手中时我失落的美丽自身的另一半。原谅我吧，亲爱的。”

普通的姑娘

拉宾德拉纳特·泰戈尔

我是深闺内院里的女子。

您不会认识我的，萨拉特先生。

我拜读过您最新的小说《枯萎的花环》。您笔下的女主人公埃鲁克苗三十五岁溘然长世。她曾与二十五岁的情敌激烈搏斗，我看得出，您非常仁慈，您让她赢得了胜利。

现在说说我自己。

我年纪尚小，但韶华的扭力已打动了一个人的心，得知这一情况，我激动得浑身哆嗦，忘记了我是个普通的姑娘。和我一样的孟加拉姑娘千千万万，她们也秀丽可爱，拥有妙龄的神咒。

我恳请您写一部关于一位普通姑娘的小说。她陷入巨大的悲痛之中。如果她心灵深处沉淀了非凡的情感，她该如何昭示？有几个男子能把它发掘出来？他们的眼睛为花容月貌所眩惑，但他们的良知并不探寻真实。我们以蜃景的价格出卖我们自己。

容我说明一下我说此话的根由。

您可以假设看中我的那一位叫纳雷斯，他一本还经地告诉

我，还没有第二个像我这么漂亮的姑娘映入他的眼帘，我既没有勇气相信也没有决心不相信他的赞美之词。

后来，他去英国留学。

我偶尔收到他的来信。

我常常胡猜乱想：罗摩啊罗摩，成群的英国姑娘出入公共场所，她们个个出类拔萃、聪慧过人、神采飞扬，她们已经发现了昔日埋没在印度百姓之中的纳雷斯？

果然，上回他来信说他与丽姬一道下海游泳。丽姬像乌哩婆湿似的浮尸水面时，他情不自禁地朗诵了孟加拉诗人赞美乌哩婆湿的诗句。然后，他俩并肩坐在沙滩上，面对翻涌的蓝色海浪和

满天明丽的阳光。

丽姬语调徐缓地对他说：“你来的那天和你回国的日子，好似贝的两张壳，让一颗罕见、浑圆的泪珠充填其间吧！”

她委婉地表达爱慕的手法何等高超！

纳雷斯还在信中写道：即便她胡诌，那又何妨！说得实在太感人了。嵌玉的金花难道是真花？但何尝不给人以美的享受！

您明白了吧。他信中比喻的隐义，像无形的钢针刺入了我的胸膛，并且提醒我，我是个普通的姑娘。

我没有回报门第高贵的情人的足够资本，唉，我无力改变现状，终身是个债务人。

萨拉特先生，求求您，写一部关于普通姑娘的小说吧！这个不幸的姑娘必须同六七位才貌出众的女性竞争，如同俱卢战场上阿周那之子阿维马努单枪匹马与七位凶悍的骑士厮杀。

我知道厄运已落到我头上，我已经输了。但请您允许您笔下的女主人公代替我获胜，使我读了扬眉吐气。

让您的生花妙笔传递檀香般芬芳馥郁的喜讯吧！

为您的女主人公起名马拉蒂，这也是我的

名字。不必担心被读者发现，孟加拉平原上有无数个马拉蒂，都是可以信赖的心地淳朴的姑娘。她们不懂法语、德语，只懂得委屈落泪。

您准备如何让她获胜？

您的灵魂高尚，您的笔触神圣。也许您打算导引她走上自我牺牲的道路，忍受不堪忍受的痛苦，和沙恭达罗一样。

原谅我吧，萨拉特先生，让她下来站在我的位置上。长夜的黑暗中躺在床上，她向天帝祈求的巨大恩典，不会赐给我，但您的女主人公可以得到。

写纳雷斯在伦敦混了七年，处在水性杨花的女人的包围之中，一次次考试不及格。

然后，您的笔锋一转，写马拉蒂在加尔各答大学教学考试中独占鳌头，获得硕士学位。但您如果在这儿收笔，您小说之王的桂冠会被玷污。

不要管我处境如何艰难，不要收缩您的想象力。你和天帝一样是不吝啬的，送马拉蒂去欧洲、写那儿的一群学者、圣哲、英雄、诗人、艺术家和君主簇拥着她，像天文学家发现星球那样发现她不单才华横溢，而且性情温柔。

不是在愚昧的国度，而是在有圣人、慈善家，有英国人、德国人、法国人的地方，揭示她征服世界的魔力的奥秘；举行举世瞩目的盛大集会，对她表示热烈欢迎！

描写她头上落下赞颂的甘霖，她落落大方地穿过人群，像海面上滑行的一艘帆船。人们看了她的眼睛，交头接耳地说印度的

雨云和阳光交融在她的眼神里。（顺便说一句，造物主的爱怜确实溶化在我的眼神里，不过我必须承认，我尚未遇到欧洲的有识之士。）

纳雷斯和那些出类拔萃的女士尴尬地站在会场的一角。

以后呢？

我的故事到此结束。

我的梦幻破灭，可怜啊，普通的姑娘！

唉，白白浪费了天帝的创造力！

只有你能引起我生命中最强烈而美好的回忆

卡尔·马克思

亲爱的：

我再次你写信了，因为我寂寞，因为我心生难过，我常常在心里跟你聊天，而你根本不知道，既听不到也回答不了我。我的照片纵然照得不怎么样，但对我却用处极大……你好像真的在我的面前，我衷心珍爱你，从头到脚地吻你，拜倒在你的面前，叹息着说："我爱你，夫人！"

暂时的分开是有益的，因为频繁的接触会显得单调，从而使事物间的差别消失，甚至宝塔在近处也显得不够高，而日常生活琐事如果接触得多了就会过度地胀大，热情亦然。日常的习惯由于亲近会完全吸引住一个人而表现为热情。只要它的直接对象在视野中消失，它也就不再存在。深挚的热情由于它的对象的亲近会表现为日常的习惯，而在别离的魔术般的影响下会壮大起来并重新具有它固有的力量。我的爱情就是这样。只要我们一为空间所分隔，我立刻就会明白，时间对于我的爱情来说就像阳光雨露对于植物——使其滋长。我对你的爱情，只要你远离我身边，就会显出它的本来面目，像巨人一样的面目。在这爱情上集中了我的所有精力和全部感情。我再次感到自己是一个真正的人，因为我感到了一种强烈的热情。

你会微笑，我亲爱的，你会问：为什么我突然这样说个没完？不过，我如果能把你那温柔而纯洁的心紧贴在自己的心上，我就会保持沉默，一声不吭。我不能以唇吻你，只得求助于文字，以文字来传达亲吻……

确实，世界上有很多女人，并且有些非常美丽。但是哪里还

能找到一副容颜，它的每一个线条，甚至每一处皱纹，能引起我的生命中的最强烈而美好的回忆？

再见，我亲爱的，千万次地吻你和孩子们！

你的卡尔

生活赐予人的最大的幸福

奥古斯特·斯特林堡

最后一辆搬运车走了；那位帽子上戴着黑纱的年轻房客还在空房子里走来走去，看看有没有什么东西落下了。没有，没有落下什么东西，没有什么了。他步入走廊，决定再也不去回想他在这寓所中所遭遇的一切。但是在墙上，在电话旁，有一张写满字迹的小纸头。上面所记的字是好多种笔迹写的：有些很容易认清，是用黑色的墨水写的；有些是用黑、红和蓝铅笔草草写成的。这里记录了短短两年间全部美丽的罗曼史。他决心要忘掉的一切都记录在这张纸上——半张小纸上的一段人生事迹。他取下这张小纸，这是一张淡黄色有光泽的便条纸。他将它平铺在起居室的壁炉架上，弯下腰，读了起来。

首先是她的名字：艾丽丝——他所知道的名字中最美丽的一个，因为这是他爱人的名字。旁边是一个电话号码，15，11——

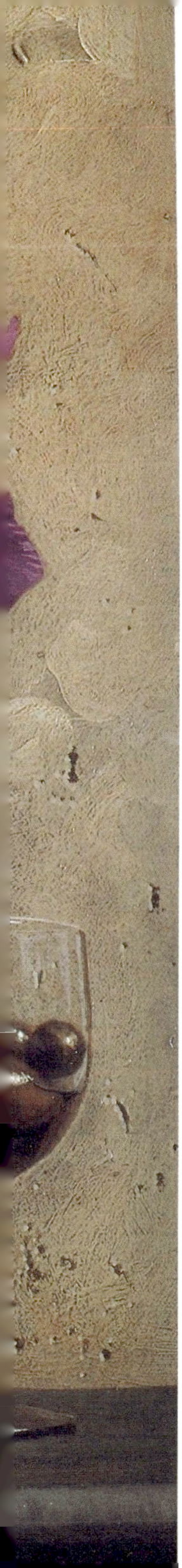

flowers

看起来像是教堂唱诗牌上圣诗的号码。

下面潦草地写着：银行。这里是他的工作之地，对他说来这神圣的工作意味着面包、房子和家庭——也就是生活的基础。有条粗粗的黑线划去了那电话号码，因为银行倒闭了，他在短暂的焦虑之后，又找到了新工作。

接着是出租马车行和鲜花店，那时他们已订婚了，而且，他

手上还有很多钱。

家具行，室内装饰商——这些人布置了他们这处寓所。搬运车行——他们搬进来了。歌剧院售票处，50，50——他们新婚，星期日夜晚常去看歌剧。在那里度过的时光是最快乐的，他们静静地坐着，心灵陶醉在舞台上神话领域的美丽与和谐里。

接着是一个男人的名字（已经被划掉了），一个曾经飞黄腾达的朋友，但是由于事业繁荣冲昏了头脑，以致又落魄到无可救药的地步，不得不背井离乡。荣华富贵不过是过眼云烟罢了。

现在这对新夫妇的生活中出现了一个新东西。一个女子的铅笔笔迹写的“修女”。什么修女？哦，那个穿着灰色长袍、有着亲切和蔼的面貌的人，她总是那么温柔地到来，不经过起居室，而直接从走廊进入卧室。她的名字下面是L医生。

名单上首次出现了一位亲戚——母亲。这是他的岳母。她一直小心地躲着，不来打扰这对新婚之人。但现在她被他们邀请了，于是很高兴地来了，因为他们需要她。

以后是红蓝铅笔写的项目。佣工介绍所，女仆走了，必须再找一个。药房——哼，情况开始不妙了。牛奶厂——订牛奶了，消毒牛奶。杂货铺，肉铺，等等，家务事都得用电话办理了。是这家的女主人不在了吗？不，她生孩子了。

下面的项目他已无法辨认，因为他眼前一切都模糊了，就像溺死的人透过海水看到的那样。这里用清楚的黑体字记载着：承办人。

在后面的括号里写着“埋葬事”。这已足以说明一切！——一大一小两个棺材。

埋葬了，什么都没有了。一切都归于泥土，这是一切肉体的归宿。

他拿起这淡黄色的小纸，吻了吻，细心地把它折好，放进胸前的口袋里。

在这两分钟里，他重新度过了一生中的两年。但是他走出去时并不是无精打采的。相反，他高高地抬起了头，像是个骄傲并快乐的人。因为他知道他已经体验到了一些生活所能赐予人的最大的幸福。可惜的是，有很多人，连这一点也没有得到过。

夜莺与玫瑰

奥斯卡·王尔德

“她说我若为她采得红玫瑰，便与我跳舞。”青年学生哭着说，“但我全园里何曾有一朵红玫瑰？”

夜莺在橡树上巢中听见，从叶丛里望外看，心中诧异。

青年哭道：“我园中并没有红玫瑰！”他秀眼里满含着泪珠。“呀！幸福倒靠着这些区区小东西！古圣贤书我已读完，哲学的玄秘我已彻悟，然而因为求一朵红玫瑰不得，我的生活便这样难堪。”

夜莺叹道：“真情人竟在这里。以前我虽不曾认识，我却夜夜地歌唱他：我夜夜将他的一桩桩事告诉星辰，如今我见着他了。他的头发黑如风信子花，嘴唇红比他所切盼的玫瑰，但是挚情已使他脸色憔悴，烦恼已在他眉端引着痕迹。”

青年又低声自语：“王子今晚宴会跳舞，我的爱人也将与会。

我若为她采得红玫瑰，她就和我跳舞直到天明，我若为她采得红玫瑰，我将把她抱在怀里，她的头，在我肩上枕着，她的手，在我手中握着。但我园里没有红玫瑰，我只能寂寞地坐着，看她从我跟前走过，她不理睬我，我的心将要粉碎了。”

“这真是个真情人。”夜莺又说着，“我所歌唱，是他尝受的苦楚：在我是乐的，在他却是悲痛。‘爱’果然是件非常的东西。比翡翠还珍重，比玛瑙更宝贵。珍珠，榴石买不得他，黄金亦不能作他的代价，因为他不是在市上出卖，也不是商人贩卖的东西。”

青年说：“乐师们将在乐坛上弹弄丝竹，我那爱人也将按着弦琴的音节舞蹈。她舞得那么翩翩，莲步都不着地，华服的少年们就会艳羡地围着她。但她不同我跳舞，因我没有为她采到红玫瑰。”于是他我倒在草里，两手掩着脸哭泣。

绿色的小壁虎说：“他为什么哭泣？”说完就竖起尾巴从他跟前跑过。

蝴蝶正追着阳光飞舞，他亦问说：“唉，怎么？”金盏花亦向她的邻居低声探问：“唉，怎么？”

夜莺说：“他为着一朵红玫瑰哭泣。”

他们叫道：“为着一朵红玫瑰！真笑话！”那小壁虎本来就刻薄，于是大笑。

然而夜莺了解那青年烦恼里的秘密，她静坐在橡树枝上细想“爱”的玄妙。

忽然她张起棕色的双翼，冲天地飞去。她穿过那树林如同影子一般，如同影子一般的，她飞出了花园。

草地当中站着一株艳美的玫瑰树，她看见那树，向前飞去落在一枝枝头上。

她叫道：“给我一朵鲜红玫瑰，我为你唱我最婉转的歌。”

可是那树摇头。

“我的玫瑰是白的，”那树回答她，“白如海涛的泡沫，白过山巅上的雪。请你到古日晷旁找我兄弟，或者他能应你所求。”

于是夜莺飞到日晷旁边那丛玫瑰上。

她又叫道：“给我一朵鲜红玫瑰，我为你唱最醉人的歌。”

可是那树摇头。

“我的玫瑰是黄的，”那树回答她，“黄如琥珀座上人鱼神的头发，黄过割草人未割以前的金水仙。请你到那边青年窗下找我兄弟，或者他能应你所求。”

于是夜莺飞到青年窗下那丛玫瑰上。

他仍旧叫道：“给我一朵鲜红玫瑰，我为你唱最甜美的歌。”

可是那树摇头。

那树回答她道：“我的玫瑰是红的，红如白鸽的脚趾，红过海底岩下扇动的珊瑚。但是严冬已冻僵了我的血脉，寒霜已啮伤了我的萌芽，暴风已打断了我的枝干，今年我不能再开了。”

夜莺央告说：“一朵红玫瑰就够了。只要一朵红玫瑰！请问有甚法子没有？”

那树答道：“有一个法子，只有一个，但是太可怕了，我不敢告诉你。”“告诉我吧，”夜莺勇敢地说，“我不怕。”

那树说道：“你若要一朵红玫瑰，你需在月色里用音乐制成，然后用你自己的心血染她。你需将胸口顶着一根尖刺，为我歌唱。你需整夜地为我歌唱，那刺需刺入你的心头，你生命的血液得流到我的心房里变成我的。”

夜莺叹道：“拿死来买一朵红玫瑰，代价真不小，谁的生命不是宝贵的，坐在青郁的森林里，看太阳在黄金车里，月亮在白珠辇内驰骋，真是一桩乐事。山楂花的味儿真香，山谷里的吊钟花和山坡上的野草真美。然而‘爱’比生命更可贵，一个鸟的心又怎能和人的心比？”

忽然她张起棕色的双翼，冲天地飞去。她穿过那花园如同影子一般，她荡出了那树林子。

那青年仍旧僵卧在草地上方才她离去的地方，他那副秀眼里的泪珠还没有干。

夜莺喊道：“高兴吧，快乐吧；你将要采到你那朵红玫瑰了。我将用月下的歌音制成她。我向你所求的报酬，仅是要你做一个真挚的情人，因为哲理虽智，爱比她更慧，权力虽雄，爱比她更伟。焰光的色彩是爱的双翅，烈火的颜色是爱的躯干。她又如蜜的口唇，若兰的吐气。”

青年从草里抬头侧耳静听，但是他不懂夜莺对他所说的话，因他只晓得书上所讲的一切。

那橡树却是懂得，他觉得悲伤，因为他极爱怜那枝上结巢的小夜莺。他轻声说道：“唱一首最后的歌给我听罢，你离去后，我要感到无限的寂寥了。”

于是夜莺为橡树歌唱，她恋别的音调就像在银瓶里涌溢的水浪一般的清越。她唱罢时，那青年站起身来从衣袋里抽出一本日记薄和一支笔。他一面走出那树林，一面自语道："那夜莺的确有些姿态。这是人所不能否认的；但是她有感情么？我怕没有。实在她就像许多美术家一般，尽是仪式，没有诚心。她必不肯为人牺牲。她所想的无非是音乐，可是谁不知道艺术是为己的。虽然，我们总须承认她有醉人的歌喉。可惜那种歌音也是无意义，毫无实用。"于是他回到自己室中，躺在他的小草垫的床上想念他的爱人；过了片时他就睡去。

待月娘升到天空，放出她的光艳时，那夜莺也就来到玫瑰枝边，将胸口插在刺上。她胸前插着尖刺，整夜地歌唱，那晶莹的月亮倚在云边静听。她整夜的，啭着歌喉，那刺越插越深，她生命的血液渐渐溢去。最先她歌颂的是稚男幼女心胸里爱恋的诞生。于是那玫瑰的顶尖枝上结了一苞卓绝的玫瑰蕾，歌儿一首连着一首的唱，花瓣一片跟着一片的开。起先那瓣儿是黯淡得如同河上罩着的薄雾——黯淡得如同晨曦的交际，银灰的好似曙光的翅翼，那枝上玫瑰蕾就像映在银镜里的玫瑰影子或是照在池塘的玫瑰化身。但是那树还催迫着夜莺紧插那枝刺。"靠紧那刺，小夜莺。"那树连声的叫唤，"不然，玫瑰还没开成，晓光就要闯来了。"

于是夜莺越紧插入那尖刺，越扬声地唱她的歌，因她这回所歌颂的是男子与女子性灵里烈情的诞生。如今那玫瑰瓣上生了一层娇嫩的红晕，如同初吻新娘时新郎的绛颊。但是那刺还未插到夜莺的心房，所以那花心尚留着白色，因为只有夜莺的心血可以染成玫瑰花心。那树复催迫着夜莺紧插那枝刺，“靠紧那刺，小夜莺，”那树连声的叫唤，“不然，玫瑰还没开成，晓光就要闯来了。”于是夜莺紧紧插入那枝刺，那刺居然插入了她的心，但是一种奇痛穿过她的全身他的挚爱和冢中不朽的爱情。那卓绝的玫瑰于是变作鲜红，如同东方的天色。花的外瓣红同烈火，花的内心赤如绛玉。

夜莺的声音越唱越模糊了，她的双翅拍动起来，她的眼上起了一层薄膜。她的歌声模糊了，她觉得喉间哽咽了。于是她放出末次的歌声，白色的残月听见，忘记天晓，挂在空中停着。那玫瑰听见，凝神战栗着，在清冷的晓风里瓣瓣的开放。回音将歌声领入山坡上的紫洞，将牧童从梦里惊醒。歌声流到河边苇丛中，苇叶将这信息传与大海。那树叫道：“看，这玫瑰已制成了。”然而夜莺并不回答，她已躺在乱草里死去，那刺还插在心头。

日午时青年开窗往外看。他叫道：“怪事，真是难遇的幸运，这儿有朵红玫瑰，这样的好玫瑰，我生来从没有见过。它这样美红定有很繁长的拉丁名字。”说着便俯身下去折了这花。于是他戴上帽子，跑往教授家去，手里拈着红玫瑰。教授的女儿正坐在门前卷一轴蓝色绸子，她的小狗伏在她脚前。青年叫道：“你说过我若为你采得红玫瑰，你便同我跳舞。这里有一朵全世界最珍贵的红玫瑰。你可以将她插在你的胸前，我们同舞的时候，这花便能告诉你，我怎样的爱你。”那女郎只皱着眉头。她答说：“我怕这花不能配上我的衣裳；而且大臣的侄子送我许多珠宝首饰，人人都知道珠宝比花草贵重。”

青年怒道："我敢说你是个无情义的人。"她便将玫瑰掷在街心，掉在车辙里，让一个车轮轧过。女郎说："无情义？我告诉你吧，你实在无礼；况且到底你是谁？不过一个学生文人，我看像大臣侄子鞋上的那银扣，你都没有。"说着站起身来走回房去。

青年走着自语道："爱好傻呀，远不如伦理学那般有实用，它所告诉我们的，无非是空中楼阁，实际上不会发生的，和缥缈的虚无不可信的事件。在现在的世界里存在，首要有实用的东西，我还是回到我的哲学和玄学书上去吧。"于是他回到房中取出一本笨重的，满堆着尘土的大书埋头细读。

三
我有多种多样的乐趣

我领悟到一切艺术与伟大事业的奥妙——专注，完成大大小小的事业的全力集中，把易于涣散的意志贯注在一件事情上的本领。

我有多种多样的乐趣

海伦·凯勒

我相信读者不会从前面章节的叙述中得出结论，以为阅读是我唯一的乐趣。事实上，我有多种多样的乐趣。

我特别喜欢田野漫步和户外运动。当我还是个小孩的时候，就学会了划船和游泳。夏天，在马萨诸塞州伦萨姆时，我几乎都是生活在船上。什么都不如朋友来访时出去划船更有乐趣。确实，我并不能平稳地驾驶船只，我通过辨别水草、睡莲以及岸上的灌木的气味来掌握方向，用皮带把桨固定在桨环上，我从水的阻力来判断双桨用力是否平衡，同样，我可以知道什么时候是逆水而上。我喜欢同风浪搏斗，驾驶坚固的小船服从于我的意志和臂力，它轻轻地掠过那波光粼粼的湖面，水波不停地使它上下颠簸。这种情景，让人心旷神怡！

我也喜欢划独木舟。我说我喜欢在月下划船时，你们也许会忍俊不禁。确实，我不可能看见月亮从松树后面爬上天空，悄悄地越过中天，为大地铺上一条闪光的道路，但我好像知道月光就在那里。当我累了，躺到垫子上，把手放进水中时，我仿佛看见了这照耀如同白昼的月光正在经过，我触摸到了她的衣裳。偶尔，一条大胆的小鱼从我手指间滑过，一棵睡莲含羞地亲吻我的手指。

船从小港湾的荫蔽处驶出时，会骤然感到豁然开朗，一股暖气把我围住。我无法知道这热气究竟是从树林中还是从水汽里蒸发出来的。在内心深处，我也常常有这种奇妙的感觉。在风雨交加的日子里，在漫漫暗夜中，这种感觉不经意中袭来，仿佛如温暖的嘴唇在我脸上亲吻。

假如给我三天光明

——海伦·凯勒

我们都读过这样一些扣人心弦的故事，故事的主角可以活的时间所剩无几，有时是一年之久，有时只一天而已。但是，我们总是能很感动地发现，这些注定要死去的人是怎样设法度过他最后的几天或几小时。当然，我说的是有所选择的自由人，而非被限制行动自由的被判刑的罪犯。

这种故事让人们思考，很想知道在同样的境况下我们将如何应对。我们作为必死的生物，在这最后几小时里，会充满一些怎样的遭遇、怎样的感受、怎样的联想呢？我们回忆过去，会找到哪些幸福、哪些遗憾呢？

有时候我认为，如果我们像带着明日便会死去之心去生活，才是最好的规则。这样一种态度可以尖锐地强调生命的价值。每一天，我们都要心怀善意、朝气和渴望去生活，但是，当时间在我们前面一天天，一月月，一年年地不断延伸下去，这些品质通常便会丧失。当然，也有那些愿意把“吃吃喝喝，及时享乐”作为座右铭的人，然而大多数人却为死期将至所折磨。

在很多故事中，命运已定的主角通常在最后一分钟，因为飞来横福而得到拯救，但他的价值观几乎总是改变了。他对生命及其永恒的精神价值的意义有了更深的领悟。通常可以看到，那些被死亡阴影笼罩着或笼罩过的人们，对他们所做的每件事情都赋予了一种醇美香甜之感。

但是，我们大多数人都认为人生本该如此。我们知道我们总有死去的那一天，但我们总是把那一天想得非常遥远。我们处于精神焕发、身轻体快的健康状态，死亡简直是不可想象的，我们很难想到它。日子延伸到无穷无尽的远景之中，所以，我们总是做些没意义的事，几乎意识不到自己对生活的无所谓的态度。

我担心，我们全部的天赋和感官都有同样的懒惰的特征。只有聋子才珍惜听觉，只有瞎子才体会重见天日的种种幸福。这种看法对于那些成年后失去视觉和听觉的人特别适用。但是，那些没有损伤视觉听觉的人，对这些可贵的感官却很少善加使用。他们的眼睛和耳朵稀里糊涂地吸收了一切景色和声音，他们从未留心也很少珍惜它们。我们并不感激我们的拥有，直到我们已经失去；我们意识不到我们的健康，直到我们生了病——古往今来，概莫能外。

我总是想，如果人人在他最初的认知阶段得过几天盲聋症，这将是一种幸福。黑暗会使他更珍惜视觉；哑默会教导他更喜爱声音。我时常测试我那些有视觉的朋友，看他们究竟看见了什么。

几天前，一位关系很好的朋友来看望我，她刚从树林里跋涉而来，于是我就问她都看到了什么。她回答："没有什么特别的。"要不是我早已习惯听到这种答案（因为我很久就已确信有视觉的人看得很少），我简直会不相信我的耳朵。

穿林而行一小时，却没值得注意的东西可看，这怎么可能呢？我自问着。我这个没有视觉的人，仅凭触觉，就能发现数百种使我感兴趣的东西。我用双手亲切地抚摸一棵桦树的平滑的树皮，或者一棵松树的粗糙不平的树皮。在春天，我摸着树枝，满怀希望地寻找花苞，寻找大自然冬眠之后苏醒过来的第一个征兆。有时，我感觉到一朵花的可爱而柔润的肌理，发现它那不平常的卷曲。偶尔，如果我运气很好，将手轻柔地放在小树上，我可以感觉到小鸟在音律丰满的歌声中快乐地跳跃。我非常喜欢让小溪清凉的流水从我张开的手指缝隙间急促地淌过。我觉得，松针或者海绵似的柔草铺就的茂盛葱郁的地毯，比豪华奢侈的波斯小地毯更惹人喜爱。于我而言，四时之美是一场动人至极且永不谢幕的戏剧，它的情节从我指尖一幕幕滑过。

有时候，我的心在哭泣，渴望看到这所有的一切。如果我仅凭触觉就能得到这么多快乐，那么借助视觉将会得到多少美啊！然而，那些有眼睛的人显然看得很少。对于世界上充盈的万紫千红、形态各异的万花筒般的景象，他们认为本该如此。也许人类就是这样，不爱珍惜已有之物，总是渴求未得之物。在光明的世

界中，视觉这一天赋才能，竟只被作为一种便利，而非让生活更丰富的手段，这简直暴殄天物！

如果我是个大学校长，我就开设一门必修课，即“怎样使用你的眼睛”。教授们将向他的学生讲授，怎样通过真正观看那些从他们面前过去而未被注意的事物，给他们的生活增添乐趣，这将唤醒他们沉睡而迟缓的天赋。

也许我能借助想象来说明，假如给我哪怕三天的光明，我最喜欢看到哪些东西。在我想象之时，请你也想一想吧，请想想这个问题，假如你也只有三天光明，那么你将如何使用你自己的眼睛，你最想让你的目光为什么东西而停留呢？自然，我将尽可能看看在我黑暗的岁月里令我珍惜的东西，你也想让你的目光停留在你的珍重之物上，以

便在那即将到来的夜晚，将它们记住。

如果，因为某种奇迹，我可以睁眼看三天，然后立刻回归黑暗，我将会把这段时间分成三部分。

第一天，我要看人，他们的善良、温厚与友谊使我的生活有过下去的价值。首先，我希望长久地凝视我亲爱的老师——安妮·莎莉文·梅西太太的面庞，当我年幼时，她就来到了我身边，为我打开了外面的世界。我将不仅要看到她的脸的轮廓，以

便我能够将它珍藏在我的记忆中，而且还要研究她的容貌，发现她出自同情心的温柔和耐心的生动迹象，她正是以此来完成教育我的艰巨任务的。我希望从她的眼睛里看到能使她面对困难从不屈服的坚强性格，并且看到她那经常向我展现的、对于全人类的同情。

我不明白什么是透过“灵魂之窗”，即从眼睛看到朋友的内心。我只能用手指尖来“看”一个脸的轮廓。我能够发觉欢笑、悲伤和其他许多明显的情感。我是从感觉朋友的脸来认识他们的。但是，我不能靠触摸来真正描绘他们的个性。当然，通过其他方法，通过他们向我表达的思想，通过他们向我表现的任何动作，我也能多少了解他们的个性。但是这种理解不会很深，而那种深刻的理解，我相信，通过去看他们，通过观看他们对种种被表达的思想和境况的反应，通过注意他们的眼神和脸色的反应，是可以获得的。

我身边的朋友，我了解得很清楚，因为经过日积月累，他们已经将自己的各个方面对我做了展示；然而，对于偶然的朋友，我只有一个一鳞半爪的印象。这个印象还是从一次握手中，从我通过手指尖理解他们的嘴唇发出的字句中，或从他们在我手掌的轻轻划写中得来的。

你们有视觉的人，可以通过观察对方微妙的面部表情，肌

肉的颤动，手势的摇摆，迅速领悟对方所表达的真正意思，这该是多么容易，多么让人满意啊！但是，你们是否想过用你们的视觉，抓住一个人面部的外表特征，来透视一个朋友或者熟人的内心吗？

我还想问你们：能对五位好友的脸做精准描述吗？有些人能，但是更多人不能。有过一次实验，我询问那些丈夫们，关于他们夫人眼睛的颜色，他们总是显得很困窘，他们承认自己不知道。顺便说一下，夫人们还总是经常抱怨丈夫不注意自己的新衣服、新帽子的颜色，以及家里摆设的变化。

有视觉的人，他们的眼睛不久便对周围的事物习以为常，实际上，他们只对令人惊奇的和壮观的事物更加注意。然而，即使他们观看最壮丽的奇观，眼睛都是懒洋洋的。法庭的记录每天都透露出“目击者”看得多么不准确。某一事件会被几个见证人以

几种不同的方式“看见”。有的人比别人看得更多，但没有几个人看得见他们视线内的一切。

啊，如果给我三天光明，我会看见多少东西啊！

第一天，将会是忙碌的一天。我将召集我所有的亲爱的朋友，久久地注视他们的脸，把他们内在美的外部迹象牢牢刻在心里。我也将会把目光停留在一个婴儿的脸上，以便能够捕捉到在生活冲突所致的个人意识尚未建立之前的那种渴望的、天真无邪的美。

我还将看看我的小狗们忠实信赖的眼睛——庄重、宁静的小司格梯、达吉，还有健壮而又懂事的大德恩，以及黑尔格，它们的热情、幼稚而淘气的友谊，让我得到了巨大的慰藉。

在忙碌的第一天，我还将观察一下我的房间里简单的小东西，我要看看我脚下的小地毯的温暖颜色，墙壁上的画，将房子变成一个家的那些亲切的小东西。我的目光将会崇敬地落在我读过的盲文书籍上，然而那些有视觉的人们所读的印刷体的书籍，

会更加激发我的兴趣。在我被黑夜笼罩的漫长人生里，我读过的和人们读给我听的那些书，已经成为了一座辉煌的巨大灯塔，为我指示出了人生及心灵的最深的航道。

在能看见的第一天下午，我将到森林里做一次远行，让我的眼睛沉醉于自然界的美丽之中，在几小时内，拼命吸取那经常展现在正常视力的人面前的光辉灿烂的壮阔奇观。从森林郊游返回的路上，我要走在农庄附近的小路上，以便看看在地里耕作的马（也许我只能看到一辆拖拉机），看看紧靠着土地过活的悠然自得的人们，我将为美丽动人的落日奇景而祈祷。

当傍晚到来，我将因为借助人造之光看见外物而感到高兴，当大自然宣告黑暗来临时，人类天才地创造了灯光，来延伸他的视力。在第一个有视觉的夜晚，我将彻夜难眠，心中被这一天的回忆所充溢。

在能看见的第二天，我要在天亮之前起床，去看黑夜变为白昼的动人奇迹。我将心怀敬畏，仰望壮丽的曙光全景，同时，太阳唤醒了沉睡的大地。

在这天，我将向世界，向过去和现在的世界匆匆瞥上一眼。我想看看人类进步的奇观，那沧海桑田的千万年。这么多的年代，怎么能被集中成一天呢？当然是去看博物馆。我常常参观纽约自然史博物馆，用手摸一摸那里展出的众多展品，但我曾经渴望亲眼看看地球的简史和陈列在那里的地球上的居民——按照自然环境描绘的动物和人类，庞大的恐龙和剑齿象的化石，早在人类出现并以矮小的身材和强大的头脑征服动物王国之前，它们就游荡在地球上了；博物馆还逼真地介绍了动物、人类以及劳动工具的发展经过，人类使用这些工具，在这个行星上为自己创造了安全牢固的家；博物馆还介绍了自然史无数的其他方面。

我不知道，有多少本文的读者见过那个吸引人的博物馆里所描绘的有生之物各种各样的样子。当然，很多人没有这个机会，但是，我相信很多有机会的人却没有利用它。在那里确实是使用你的眼睛的好地方。有视觉的你可以在那里度过许多受益匪浅的时光，然而我，凭借想象中的能看见的三天，只能能匆匆地走马观花一番。

我的下一站将是首都艺术博物馆，因为它正像自然史博物馆展示了世界的物质外观那样，首都艺术博物馆展示了人类精神的无数个小侧面。在整个人类历史中，人类对于艺术表现的强烈欲望几乎像对待食物、住所以及生殖一样迫切。在这里，在首都艺术博物馆巨大的展厅里，埃及、希腊、罗马的精神在它们的艺术中表现出来，展现在我眼前。

我通过手清楚地知道了古代尼罗河国度的诸神和女神。我抚摸了巴台农神庙中的复制品，感到了雅典冲锋战士有韵律的美。阿波罗、维纳斯以及双翼胜利之神莎莫瑞丝都让我爱不释手。荷马的那副多瘤有须的面容对我来说是非常珍贵的，因为他也懂得什么叫失明。我的手依依不舍地留恋罗马及后期的逼真的大理石雕刻，我的手抚摸遍了米开朗基罗的感人的英勇的摩西石雕像，我感知到罗丹的力量，我敬畏哥特人对于木刻的虔诚。这些能够触摸的艺术品对我而言，非常有意义，然而，与其说它们是供人触摸的，不如说它们是供人观赏的，而我只能猜测那种我看不见的美。我能欣赏希腊花瓶的简朴的线条，但它的那些图案装饰我却看不到。

因此，这一天，给我光明的第二天，我将利用艺术来搜寻人类的灵魂。我会看见那些我借助触摸所认知的东西。更美妙的是，整个壮丽的绘画世界将向我打开，从充满宁静的宗教色彩的意大利早期艺术到带有狂想风格的现代派艺术。我将细心地观察拉斐尔、达芬奇、提香、伦勃朗的油画。我要尽览维洛内萨的温暖色彩，研究艾尔·格列科的奥秘，从科罗的绘画中重新观察大自然。啊，你们有视觉的人竟能欣赏到历代艺术中这么丰富的韵味和美！在我对这个艺术神殿的短暂的游览中，对于展开在我面前的那个伟大的艺术世界我不能做出任何评论，我将只能得到一个肤浅的印象。艺术家们告诉我，为了做到深刻而真正的艺术鉴赏，一个人必须训练眼睛。一个人必须通过经验学习判断线条、构图、形式和颜色的品质优劣。如果我有视觉从事这么让人着迷

的研究，那该多么幸福啊！但是，我听说，对于你们有视觉的许多人，艺术世界仍是一个有待进一步探索的世界。

我非常勉强地离开了首都艺术博物馆，它保藏着美的钥匙。但是，有视觉的人们往往并不需要到首都艺术博物馆去寻找这把美的钥匙。同样的钥匙还在较小的博物馆中甚或在小图书馆书架上等待着。但是，在我假想的有视觉的有限时间里，我应该挑选一把钥匙，能在最短的时间里去开启藏有最大宝藏的地方。

我重见光明的第二晚，我要在剧院或电影院里度过。虽然现在我也经常参加剧场的各种各样的演出，但是，必须有一位同伴把剧情拼写在我手上。可是，我好想亲眼看看哈姆雷特的迷人风采，或者穿着伊丽莎白时代艳丽装扮的生气勃勃的弗尔斯塔夫！

我好想细看哈姆雷特的每一个优雅的动作，细看精神饱满的弗尔斯塔夫的大摇大摆！因为我只能看一场戏，这让我左右为难，因为想看的戏剧还有数十幕之多。

你们有视觉，能看到你们喜欢的任何一幕戏。当你们观看一幕戏剧、一部电影或者任何一个场面时，我不知道，到底有多少人对于使你们享受它的色彩、优美和动作的视觉的奇迹有所认识，并心怀感激？由于我生活在一个限于手触的范围里，我不能享受到有节奏的动作美。但我只能模糊地想象一下巴荚洛娃的优美，虽然我知道一点律动的快感，因为我常常能在音乐震动地板时感觉到它的节拍。我能充分想象那有韵律的动作，一定是世界上最令人悦目的一种景象。我用手指抚摸大理石雕像的线条，就

能够推断出几分。如果这种静态美都能那么可爱，看到的动态美一定更加令人激动。我最珍贵的回忆之一就是，约瑟·杰佛逊让我在他又说又做地表演他所爱的里卜·万·温克时去摸他的脸庞和双手。

我多多少少能体会到一点戏剧世界，我永远不会忘记那一瞬间的快乐。但是，我多么渴望观看和倾听戏剧表演进行中对白和动作的相互作用啊！而你们有视觉的人该能从中得到多少快乐啊！如果我能看到哪怕一场戏，我就会知道怎样在心中描绘出我用盲文字母读到或了解到的近百部戏剧的情节。所以，在我假设的重见光明的第二晚，我没有去睡，整晚都在欣赏戏剧文学。

下一天清晨，我将再一次迎接黎明，急于寻找新的快乐，因为我相信，对于那些真正有视觉的人，每天的黎明一定是个永远重复的新的美景。依据我假设的奇迹的期限，这将是我有视觉的第三天，也是最后一天。我将没有时间浪费在遗憾和热望中，因为有太多的东西要去看。第一天，我奉献给了我有生命和无生命的朋友。第二天，向我展示了人与自然的历史。今天，我将在当前的日常世界中度过，到为生活奔忙的人们经常去的地方去，而哪儿能像纽约一样找得到人们那么多的活动和那么多的状况呢？所以，这次的目的地是城市。

我从我的家，长岛的佛拉斯特小而静的郊区出发。这里，环绕着绿色草地、树木和鲜花，有着整洁的小房子，到处是妇女儿童快乐的声音和活动，非常幸福，是城里劳动人民安谧的憩息地。我驱车驶过跨越伊斯特河上的钢制带状桥梁，对人脑的能力和独创性有了一个崭新的印象。忙碌的船只在河中嘎嘎急驶——高速飞驶的小艇，慢悠悠、喷着鼻息的拖船。如果今后我还有看得见的日子，我要用很多时间来眺望这河中让人快乐的景象。我向前眺望，我的前面耸立着纽约——一个仿佛从神话的书页中搬下来的城市的奇异高楼。多么令人敬畏的建筑啊！这些灿烂的教堂塔尖，这些辽阔的石砌钢筑的河堤坡岸——真像诸神为他们自己修建的似的。这幅生动的画面是几百万人民每天生活的一部分。我不知道，有多少人会回头看它们一眼？应该没几个。对这个壮丽的景色，他们熟视无睹，因为他们对此实在是太熟悉了。

我匆匆赶到其中一个庞大建筑物——帝国大厦的顶端，因为前不久，我在那里借助我秘书的眼睛“俯视”过这座城市，我渴望把我的想象与现实比较一番。我相信，展现在我面前的全部景色肯定不会让我失望，因为对我而言，这将是另一个世界的景色。现在，我开始周游这座城市。首先，我站在繁华的街角，只观察人，试图通过观察他们去了解一下他们的生活。看到他们的笑容，我感到开心；看到他们的郑重的决定，我感到骄傲；看到他们的痛苦，我不禁充满同情。

我沿着第五大街散步。我随意张望，并不把眼光停在特定的某一目标，而只看看万花筒般五颜六色的景象。我确信，那些活动在人群中的妇女的服装色彩，一定是一幅绝不会令我厌烦的华丽景色。然而如果我有视觉的话，我也许会像其他大多数妇女一样——对个别服装的时髦式样感兴趣，而不怎么注意大量的灿烂色彩。而且，我还确信，我将成为一位积习成癖的橱窗顾客，因为，观赏这无数精美的陈列品一定是种眼福。

从第五大街起，我将环城游览一番——到公园大道去，到贫民窟去，到工厂去，到孩子们玩耍的公园去，我还将参观外国人居住区，来一次不出门的海外之旅。我始终睁大双眼注视幸福和悲惨的全部景象，以便能够深入调查，进一步了解人们是如何工作和生活的。

我的内心充满了人和物的形象。我的眼睛绝不轻易放过一件小事，它争取密切关注它所看到的每一个事物。有些景象令人愉快，使人陶醉；但有些则是非常凄惨，惹人伤感。对于后者，我绝不紧闭双眼，因为那也是生活的一部分。在它们面前闭上眼睛，就等于关闭了心门，关闭了思想。

我有视觉的第三天即将结束了。也许有很多重要而严肃的事情，需要我利用这剩下的几个小时去看，去做。但是，我担心在最后一个夜晚，我还会再次跑到剧院去，看一场热闹而有趣的戏剧，好领略一下人类心灵中的谐音。

到了午夜，我摆脱盲人苦境的短暂时刻就要结束了，永久的黑夜将再次向我迫近。在那短短的三天，我自然不能看到我想要看到的一切。只有在黑暗再次向我袭来之时，我才感到我丢下了多少东西没有见到。然而，我的内心充满了甜蜜的回忆，使我很少有时间来懊悔。此后，我摸到每一件物品，我的记忆都将鲜明地反映出那件物品是什么样子。

我的这一番如何度过重见光明的三天的简述，也许与你假设知道自己即将失明而为自己所做的安排并不一致。可是，我相信，假如你真的面临那种厄运，你的目光将会尽量投向以前从未见过的事物，并将它们储存在记忆中，为今后的漫漫长夜所用。你将比以往更好地利用自己的眼睛。你所看到的每一件东西，对你而言都那么珍贵，

你的眼睛将饱览每一件你视线所及之处的物品。然后，你将真正看到，一个美的世界在你面前展开。

失明的我可以给那些看得见的人们一个提示——对那些能够充分利用天赋视觉的人们一个忠告：善用你的眼睛吧，就像明天你将遭到失明的灾难。同样的方法也可以应用于其他感官。聆听乐曲的妙音，鸟儿的歌唱，管弦乐队的雄浑而铿锵有力的曲调吧，犹如明天你将遭到耳聋的灾难。抚摸每一件你想要抚摸的物品吧，就像明天你的触觉将会衰退。嗅闻所有鲜花的芳香，品尝每一口佳肴吧，就像明天你再不能嗅闻品尝。充分利用每一个感官，通过自然给予你的几种接触手段，为世界向你显示的所有愉快而美好的细节而自豪吧！但是，在所有感官中，我相信，视觉一定是最令人愉悦的。

把自己完全沉浸在工作里

斯蒂芬·茨威格

那时候我大约25岁，在巴黎研究与写作。许多人都已经称赞我发表过的文章，有些我自己也喜欢。但是，我心里深深感到我还能写得更好，虽然我不能断定那困难的关键所在。于是，一个伟大的人给了我一个伟大的启示。那件仿佛很小的小事，竟成为我一生的关键。

有一晚，在比利时著名作家魏尔哈仑家里，一位年长的画家感慨着雕塑美术的衰落。我年轻又喜欢多嘴，热烈地反对他的意见。“就在这城里，”我说，“不是住着一个与米开朗琪罗媲美的雕刻家吗？罗丹的《沉思者》、《巴尔扎克》，不是同他用以雕塑他们的大理石一样永垂不朽吗？”当我倾吐完了的时候，魏尔哈仑高兴地指指我的背。“我明天要去看罗丹，”他说，“来，一起去吧。所有像你这样赞美他的人都该去见见他。”

我高兴极了，但第二天魏尔哈仑把我带到那雕刻家那里的时候，我竟哑口无言。在老朋友畅快聊天的时候，我觉得我好像是一个多余的不速之客。但是，最伟大的人是最亲切的。我们告别时，罗丹转向我。“我想你可能愿意看看我的雕刻，”他说，“我恐怕这里几乎什么都没有。但是星期天，你到麦东来和我一起吃饭吧。”

在罗丹简朴的别墅里，我们坐在一张小桌前随便吃了点饭。不久，他温和的眼睛发出的激励的注视，他本身的淳朴，缓解了我的不安。在他的工作室，有着大窗户的简朴的屋子，有完成的雕像，有很多小塑样——一条胳膊，一只手，有的只是一支手指或者指节；他已动工而搁下的雕像，堆着草图的桌子，一生不断的追求与工作的地方。

罗丹罩上了粗布工作衫，因此好像就变成了一个工人。他在一个台架前停着。“这是我最近的作品。”他说，把湿布揭开，现出一座女正身像，以黏土美好地塑成的。“这已完工了。”我想。他退后一步，仔细观察，这身材魁梧、肩膀宽阔、胡须雪白的老人。但是在审视片刻之后，他低声说道：“就是这肩上线条还是太粗，抱歉……”

他拿起刮刀、木刀片轻轻滑过柔软的黏土，给肌肉一种更柔美的光泽。他健壮的手行动起来；他的眼睛闪耀着。“还有那儿……还有那儿……”他又修改了一下，他走回去。他把台架转过来，含糊地吐着奇异的喉音。有时，他的眼睛快乐得发亮；有时，他的双眉烦恼地扭着。他捏好小块的黏土，黏在塑像身上，刮开一些。

这样过了半小时，一小时……他没有再和我说过一句话。他忽略了一切，除了他要创造的更崇高的形体的意象。他专注于他的工作，犹如创世之初的上帝。最后，带着舒叹，他放下刮刀，以一个男子把披肩披到他情人肩上那种温存关怀般地把湿布蒙在女正身像。接着，他又转身要走，那身材魁梧的老人。

快走到门口时，他看见了我。他凝视着，这时他才记起，他显然对他的失礼而感到慌张。“对不起，先生，我完全把你忘记了，但是你知道……”

我握着他的手，感激地紧握着。也许他已领悟我所感受到的，因为在我们走出屋子时，他微笑了，用手揽着我的肩头。

在麦东的那天下午，我学到的比在学校所有的时间都多。从此，我知道人类的工作必须怎样做，假如那是美好并且值得的。

再没有什么像亲眼目睹一个人全然忘记时间、地点与世界那样使我感动。那时，我领悟到一切艺术与伟大事业的奥妙——专注，完成大大小小的事业的全力集中，把易于涣散的意志贯注在一件事情上的本领。

于是，我发现至今我在自己的工作上到底欠缺什么——那能使人除了追求完整的意志而把一切都忘掉的热忱，一个人一定要能够把他自己完全沉浸在他的工作里。绝无——至今我才知道——他法。

重要的东西，用心才能看得见

安东尼·德·圣–埃克苏佩里

就在这当儿，跑来了一只狐狸。

“你好。”狐狸说。

“你好。”小王子很有礼貌地回答道。他转过身来，但什么也没有看到。

“我在这儿，在苹果树下。”那声音说。

“你是谁？”小王子说，“你很漂亮。”

“我是一只狐狸。”狐狸说。

“来和我一起玩吧，”小王子建议道，“我很苦恼……”

“我不能和你一起玩，”狐狸说，“我还没有被驯服呢。”

“啊！真对不起。”小王子说。

思索了一会儿，他又说道：“什么叫‘驯服’呀？”

“你不是这里的人。”狐狸说，“你来寻找什么？”

“我来找人。”小王子说，“什么叫‘驯服’呢？”

“人，”狐狸说，“他们有枪，他们还打猎，这真碍事！他们唯一的可取之处就是他们也养鸡，你是来寻找鸡的吗？”

“不，”小王子说，“我是来找朋友的。什么叫‘驯服’呢？”

“这是已经早就被人遗忘了的事情，”狐狸说，“它的意思就是‘建立联系’。”

“建立联系？”

“一点不错，”狐狸说，“对我来说，你还只是一个小男孩，就像其他千万个小男孩一样。我不需要你。你也同样用不着我。对你来说，我也不过是一只狐狸，和其他千万只狐狸一样。但是，如果你驯服了我，我们就互相不可缺少了。对我来说，你就是世界上唯一的了；我对你来说，也是世界上唯一的了。”

“我有点明白了。”小王子说，“有一朵花……，我想，她把我驯服了……”

“这是可能的。”狐狸说，“世界上什么样的事都可能看到……”

“啊，这不是在地球上的事。”小王子说。

狐狸感到十分蹊跷。

“在另一个星球上？”

“是的。”

“在那个星球上，有猎人吗？”

“没有。”

“这很有意思。那么，有鸡吗？”

“没有。”

“没有十全十美的。”狐狸叹息地说道。

可是，狐狸又把话题拉回来：

“我的生活很单调。我捕捉鸡，而人又捕捉我。所有的鸡都一样，所有的人也都一样。因此，我感到有些厌烦了。但是，如果你驯服了我，我的生活就一定会是欢快的。我会辨认出一种与众不同的脚步声。其他的脚步声会使我躲到地下去，而你的脚步声就会像音乐一样让我从洞里走出来。再说，你看！你看到那边的麦田没有？我不吃面包，麦子对我来说，一点用也没有。我对麦田无动于衷。而这，真使人扫兴。但是，你有着金黄色的头发。那么，一旦你驯服了我，这就会十分美妙。麦子，是金黄色的，它就会使我想起你。而且，我甚至会喜欢那风吹麦浪的声音……”

狐狸沉默不语，久久地看着小王子。

“请你驯服我吧！”他说。

“我是很愿意的。”小王子回答道，“可我的时间不多了。我还要去寻找朋友，还有许多事物要了解。”

“只有被驯服了的事物，才会被了解。”狐狸说，“人不会再有时间去了解任何东西的。他们总是到商人那里去购买现成的东西。因为世界上还没有购买朋友的商店，所以人也就没有朋友。如果你想要一个朋友，那就驯服我吧！”

“那么应当做些什么呢？”小王子说。

“应当非常耐心。”狐狸回答道，“开始你就这样坐在草丛中，坐得离我稍微远些。我用眼角瞅着你，你什么也不要说。话语是误会的根源。但是，每天，你坐得靠我更近些……”

第二天，小王子又来了。

“最好还是在原来的那个时间来。”狐狸说道，“比如说，你下午四点钟来， 那么从三点钟起，我就开始感到幸福。时间越临近，我就越感到幸福。到了四点钟的时候，我就会坐立不安；我就会发现幸福的代价。但是，如果你随便什么时候来，我就不知道在什么时候该准备好我的心情……应当有一定的仪式。”

“仪式是什么？”小王子问道。

“这也是一种早已被人忘却了的事。”狐狸说，“它就是使某一天与其他日子不同，使某一时刻与其他时刻不同。比如说，我的那些猎人就有一种仪式。他们每星期四都和村子里的姑娘们跳舞。于是，星期四就是一个美好的日子！我可以一直散步到葡萄园去。如果猎人们什么时候都跳舞，天天又全都一样，那么我也就没有假日了。”

就这样，小王子驯服了狐狸。当出发的时刻就快要来到时：

“啊！”狐狸说，“我一定会哭的。”

“这是你的过错，”小王子说，“我本来并不想给你任何痛苦，可你却要我驯服你……”

“是这样的。”狐狸说。

“你可就要哭了！”小王子说。

“当然喽。”狐狸说。

“那么你什么好处也没得到。”

“由于麦子颜色的缘故，我还是得到了好处。”狐狸说。

然后，他又接着说。

“再去看看那些玫瑰花吧。你一定会明白，你的那朵是世界上独一无二的玫瑰。你回来和我告别时，我再赠送给你一个秘密。”

于是小王子又去看那些玫瑰。

“你们一点也不像我的那朵玫瑰，你们还什么都不是呢！”小王子对她们说。“没有人驯服过你们，你们也没有驯服过任何人。你们就像我的狐狸过去那样，它那时只是和千万只别的狐狸一样的一只狐狸。但是，我现在已经把它当成了我的朋友，于是它现在就是世界上独一无二的了。”

这时，那些玫瑰花显得十分难堪。

“你们很美，但你们是空虚的。”小王子仍然在对她们说，“没有人能为你们去死。当然喽，我的那朵玫瑰花，一个普通的过路人以为她和你们一样。可是，她单独一朵就比你们全体更重要，因为她是我浇灌的。因为她是我放在花罩中的。因为她是我用屏风保护起来的。因为她身上的毛虫（除了留下两三只为了变蝴蝶而外）是我除灭的。因为我倾听过她的怨艾和自诩，甚至有时我聆听着她的沉默。因为她是我的玫瑰。”

他又回到了狐狸身边。

“再见了。”小王子说道。

“再见。”狐狸说，“喏，这就是我的秘密。很简单：只有用心才能看得清。重要的东西，用眼睛是看不见的。”

“重要的东西，用眼睛是看不见的。”小王子重复着这句话，以便能把它记在心间。

“正因为你为你的玫瑰花费了时间，这才使你的玫瑰变得如此重要。”

“正因为你为你的玫瑰花费了时间……”小王子又重复着，要使自己记住这些。

“人们已经忘记了这个道理，”狐狸说，“可是，你不应该忘记它。你现在要对你驯服过的一切负责到底。你要对你的玫瑰负责……”

“我要对我的玫瑰负责……”小王子又重复着……

我的路并非你的路，可我们却携手走在一起

卡里·纪伯伦

我的朋友，我并非我的外表显露的那样。外表不过是我穿的一件外衣——一件保护我不被你探询，也保护我不被你忽视而精心编织的外衣。

我的朋友，我内心的“我”隐居在寂静之所，它将永远滞留在那里，不被察觉，不可接近。

我不想要你相信我说的话，也无意要你信赖我做的事。因为我的言语无非是你自己的化为声音的思想，我的举动无非是你自己的化为行动的希望。

你说：“风向东吹。”我便说：“是的，风向东吹。”因为我不想要你知道，我想的不是风，而是海。

你不会领悟我航海的意志，我也不想要你领悟。我愿独自一人在海上。

我的朋友，对于你是白昼，对于我便是黑夜。然而即便那时，我也将说起跳跃在山头的正午和溜过溪谷的紫色阴影。因为你不会听见我那幽玄的歌声，也不会看见我那搏击星辰的翅膀，我也不想要你听见和看见，我愿独自一人伴随黑夜。

你升到你的天堂，我便降到我的地狱。即便那时，你隔着那无法跨越的深渊呼唤我：“我的伙伴，我的朋友。”我也呼唤你：“我的朋友，我的伙伴。”因为我不想要你看见我的地狱。火焰会灼烧你的目力，烟尘会充塞你的鼻孔。而我却太喜欢我的地狱，不想要你来观望，我愿独自一人在狱中。

你爱真实，美丽和公正；我为了你，便说爱得好，爱得对，可我心里却嗤笑你的爱。然而我不愿你看到我的笑，我愿独自一人发笑。

我的朋友，你善良，谨慎，明智，不，你简直完美无缺；而我呢，也明智而谨慎地同你讲话。然而，我却疯了。可是我掩饰我的疯癫，我愿独自一人疯癫。

我的朋友，你并非我的朋友，可我又将怎样使你领悟呢？我的路并非你的路，可我们却手携手走在一起。

你所谓的自由是最坚实的锁链

卡里·纪伯伦

一位演说家说，给我讲讲自由。

他回答道：

在城门旁，在壁炉边，我曾见你们匍匐崇拜自己的自由，如同奴隶在屠杀他们的暴君面前，卑躬屈膝，歌功颂德。

唉，在圣殿的树林里，在要塞的阴影里，我曾见你们中最自由的人，把自由像镣铐一样戴上。

我真痛心；因为只有当寻求自由的愿望对你们也成为束缚，只有当你们不再将自由说成目标和实现，你们才是自由。

当你的白天不是没有牵挂，你的黑夜也并非没有需求和忧伤时，你是够自由的，但不如让这些事环绕你的生活，而你却赤裸裸无拘无束地超越其上。

可是你若不砸碎那锁链，又如何能超越白天黑夜？你在刚懂

事时，使用这锁链栓住了你正午的阳光。

事实上，你所谓的自由是最坚实的锁链，虽然它的锁环在阳光下闪闪发光，令你眼花缭乱。

为了自由，你要抛弃的不正是你自我的一部分？

倘若你们要废除的是项不公正的法，那法是你们自己用手写在自己额上。

你们不能以焚烧法典来除去它，也不能以冲洗法官额头来抹掉它，哪怕把大海向他们泼去。

倘若你们要废黜的是个暴君，先看看他在你们心中的王位是否已经摧毁。

因为暴君如何能统治那自由自尊之人？除非他们的自由就是专制，他们的自尊就是可耻。

倘若你们要丢弃的是一种牵挂，那牵挂是你们自己选择，而非强加。

倘若你们要驱除的是一种恐惧，那恐惧就在你们心中，而不是在你们恐惧的人手中。

真的，万物总是互抱着，于你内在运行：欲望与恐惧，厌恶与喜爱，追求与躲避。

它们于你内在运行，恰如光与影成双成对。

当那阴影消失，余光便成为另一光亮的阴影。

如此，当你的自由拾取镣铐，它又成为那更大自由的镣铐。

最后的守望

卡里·纪伯伦

午夜时分，拂晓的第一缕气息随风袭来，那个自称未闻之声的回音的先驱，离开卧室，爬上自家的屋顶。他凝望着下面熟睡的城市，伫立良久。然后他仰头呼唤，好像那些不眠人不安的灵魂纷纷聚拢到他的周围。他张开双唇，呼唤道：

“我的朋友们，邻居们，还有每天在我门前经过的人们，我

要在你们熟睡时向你们讲述，要在你们睡梦的幽谷中无拘无束地往来。因为你们醒时漫不经心的，对一切声音置若罔闻。”

“我爱你们，许久，并且情真意切。”

“我爱你们中的任何一位，好似他是你们的所有。我爱你们所有，如同你们仅是一人。我心处于春日，我在你们的花园歌唱。我心处于夏时，我在你们的谷场守望。”

“啊，我爱你们全体。巨人和侏儒，带疾的和享福的，黑夜里颠簸的和白日里于山间起舞的，我都深爱着。”

“强者，我爱你，尽管你那铁一般的趾甲仍在我身上留有印痕。弱者，我爱你，尽管你违背了我的信任，荒废了我的耐性。”

“富贵之人，我爱你，尽管你的甜美成为我口中的涩苦。贫穷之人，我爱你，尽管你以我的一贫如洗为耻辱。”

“诗人，你用你那肆意的手指在断弦的古琴上拨弄，得到我异常的赏识。学者，你在那荒野的坟地搜寻腐烂的寿衣，也得到我无限的宠爱。”

“你，我爱的神父，身处昨日的沉寂，却来询问我

明日的前程。以自我愿望为神灵盲目崇拜神灵的人们，我也爱你们。”

“我带着理解之心爱你，你这饥渴的女子，尽管杯盏始终被斟得满满的。我怀着怜悯之心爱你，你这夜夜无眠的女子。”

“我爱你，健谈之人，我要告知你：‘生活中要说的很多。’我也爱你，寡言之人，并且告知：‘沉默中他早已说出我爱听的话语！’”

“我爱你们，法官和批评家。但看到我被钉在十字架上时，你们却说：‘他的血滴带有节奏感，在他雪白的皮肤上，血迹绘出一幅美丽的图画。’”

“啊，我爱你们所有一切，青年和老人，颤抖的芦苇和伟岸的橡树。”

“然而，唉！你们因为我丰裕的爱而背叛了我。你们宁愿从杯中汲取爱，却不愿在激流中畅饮。你们宁愿倾细弱的爱语，但当爱高呼时，你们却充耳不闻。”

“因为我爱你们所有一切，你们说：‘他的心思太过柔弱，他的道路太过阴晦；他的爱是穷人的爱，那些人拣到了面包屑，就像参加国王的盛宴般欣喜；他的爱是懦夫的爱，因为强者才被强者所爱。’”

“因为我爱你们情深意切，你们说：‘这只是盲目之爱，分不清美与丑；这是缺少品味的爱，将酸醋混同美酒；这爱粗暴而高傲，哪有陌路人能做我们的父母兄妹？’”

“你们说的不仅如此。因为你经常在集市上嘲讽地指着我说：

‘这是个老顽固，是个不合时宜的怪物。中午和小孩玩耍，傍晚又和老人为伍，假装睿智，自诩性灵。’”

“于是我思虑：‘我要更加爱他们，唉，要爱得更深。我要用表现在外的憎恨来掩饰我的爱，用严厉苛求来掩藏我的温柔。我要带上铁铸的脸具，全副武装后拜访他们。’”

“然后，我要把自己沉重的手放在你的伤口上，并且要像夜间的暴风雨一样在你的耳畔雷鸣。”

“我要在屋顶上宣布你们是伪君子、势利眼、骗子和像水泡一样华而不实的俗人。”

“我诅咒目光短浅的人是瞎眼的蝙蝠。我把贪图小利的人比作没有灵魂的鼹鼠。”

“我讥笑健谈之人巧舌如簧；我对鄙陋寡识的人说：‘死者却不厌恶死亡。’”

“我指责那些追求世间学识的人，他们亵渎了神灵的精神。我贬斥那些独尊精神的人，那是些打捞影子的傻瓜。撒向死水的网，打捞的只能是他们的影像。”

“我这样用言语贬责你们，而我流血的心却在轻轻呼唤着你们。”

“这是被自己鞭笞的爱在说话，这是受伤的傲慢在尘埃中颤动，这是对你们爱的渴望，站在屋顶，对你们怒吼。而我的爱心，却在沉默中跪下，乞求你们的饶恕。”

“然而奇迹发生了！”

“我那被掩饰的爱唤醒了你们的睡眼。我假装的憎恨疏通了你们的心志。”

“现在你们爱我了。”

“你们爱那击伤你们的刀剑，还有那渴望你胸膛的利箭。因为负伤的你们感到欣慰，喝了自己的血才觉得陶醉。”

“有如飞蛾扑火，你们每天来到我的花园，抬着脸用迷惑的双眼看着我撕裂你们白日的织品。你们窃窃私语道：‘他用上帝的神光注视，他说话如同古老的先知揭露了我们的灵魂，开启了我们的心扉，他熟识我们的路途，犹如兀鹰知晓狐狸的行踪。’”

“啊，事实上，我熟知你们的路途，犹如兀鹰熟知雏鹰的习性一样。我乐意揭开我的秘密。但是，为了让你们能够亲近，我假装疏远。为了让你们的爱潮避免低落，我坚守着我爱的闸门。”

先驱说罢，双手掩面，他抬起头，痛哭流涕。因为他深知，赤裸的爱虽然受到羞辱，却总比用伪装来求胜的爱要伟大得多，

他感到屈辱。

然而，突然，他抬起头，如同从梦中惊醒，伸展双臂说："黑夜已逝，当晨曦从山间飘然到来，我们那夜的孩童即将死去。一种更强健的爱将从我的灰烬中升起，它将在阳光下微笑，并且永恒不息。"

人生就像是不断攀登一座高塔

格奥尔格·勃兰兑斯

这里有一座高塔，是所有人都必须去攀登的。它最多也就是一百来级。这座高塔是中空的。如果有人一旦到达塔顶，就会掉下来摔得粉身碎骨。但是任何人都很难从那样的高度摔下来。这是每个人的命运：如果他到达注定的某一级，他并不会预先知道是哪一级，阶梯就从他的脚下消失，好像它是陷阱的盖板，而他也就消失了。只是他并不知道那是第20级或是第63级，或是另外的哪一级；他确定知道的是，阶梯中的某一级一定会从他的脚下消失。

最初的攀登是容易的，不过很慢。攀登本身毫无难度，而在每一级上，从塔上的嘹望孔望见的景致都足够让人愉悦。每一种事物都是新的。无论近处或远处的事物都会使你目光流连不舍，而且瞻望前景还有那么多的事物。越往上走，就越难攀登，而且目光已难以区别事物，它们看起来几乎都一样。每一级上好像也难以再有任何值得留恋的东西。这时可能应该走得更快一点儿，或者一次连续登上几级，但这是肯定做不到的。

通常是一个人一年登上一级，他的旅伴祝他快乐，因为他还没有掉下去。当他走完10级登上一个新的平台后，对他的祝贺也就更热烈些。每一次人们都希望他能长久地攀登下去，这希望也就显露出更多的矛盾。这个攀登的人一般是深受感动，但忘记了留在他身后的很少有值得自满的东西，并且忘记了前面隐藏着什么样的灾难。

这样，大多数被称作正常人的一生就这样过去了，从精神层面而言，他们是停留在同一个地方。

然而此处还有一个地洞，那些走进去的人都渴望自己挖掘坑道，以便可以深入地下。而且，还有一些人渴望去探索许多世纪以来前人所挖掘的坑道。年复一年，这些人在地下越进越深，走到那些埋藏矿物的地方。他们熟悉那地下的世界，在迷宫般的坑道中探索道路，指导或了解或参与地下深处的工作，并尽享其乐，甚至忘记了岁月如何逝去。

这就是他们的一生，他们从事向思想深处发掘的劳动和探索，忘记了现实的各种事件。他们为他们所选择的安静的职业而忙碌，经受着岁月带来的损失和哀伤，以及岁月偷偷带走的快乐。当死神逼近时，他们会像阿基米德在临死前那样提出请求：“不要弄乱我画的圆圈。”

在人们眼前，还有一个无穷无尽地延伸开去的广阔领域，就像撒旦在高山上向救世主所显示的那些王国。对于那些在一生中永远感到饥渴的人，渴望着征服的人，人生就是这样：专注于攫取更多的领地，得到更宽广的视野，更充足的经验，更多地控制人和事物。挥师远征诱惑着他们，而权力就是他们的快乐。他们永恒的愿望就是使他们能更多地占据男人的头脑和女人的心。他们是不知足的，不可测的，强有力的。他们利用岁月，所以他们并不厌倦岁月。他们保持着年轻人的全部特征：喜欢冒险，喜欢生活，喜欢斗争，精力充沛，头脑活跃，无论他们多么年老，到死也是年轻的。好像鲑鱼迎着激流，他们的天性就是迎向岁月的激流。然而还有这样一种工厂——劳动者在这个工厂中是如此自在，终其一生，他们就在那里工作，每天都能得到增益。在不知不觉中他们变老了。的确，对于他们，多少有点知识和经验就够了。然而还是有很多他们做得最好的事情，是他们了解最深、见得最多的。在这个工厂里生活变了形，变得美好，过得舒适。因此那开始工作的人知道他们是否能成为熟练的大师只能依靠自己。一个大师知道，经过若干年之后，在钻研和精通技艺上停滞不前是最愚蠢的。他们告诉自己：一种经验（无论那可能是多么痛苦的经验），一个微乎其微的观察，一次彻底的调查，欢乐和忧伤，失败和胜利，以及梦想、臆测、幻想，无不以这种或那种方式给他们的工作带来帮助。所以随着年纪变大，他们的工作也更重要更丰富。他们依靠天赋的才能，用冷静的头脑信任自己的才能，相信它会使他们走上正路，因为天赋的才能是属于他们自己的。他们相信在工厂中，自己能够做出有益的事情。在岁月的流逝中，他们不希望获得幸福，因为幸福可能不会到来。他们不害怕邪恶，而邪恶可能就潜伏在他们体内。他们也不害怕失去力量。

如果他们的工厂不大，但对他们来说已够大了。它的空间已足以使他们在其中创造形象和表达思想。他们是很忙碌的，因而没有时间去察看放在角落里的计时沙漏计，沙子总是在那儿向下漏着。当一些亲切的思想给他以馈赠，他是知道的，那像是一只可爱的手在转动沙漏计，从而延缓了它的转动。

人是一根会思考的芦苇

布莱兹·帕斯卡尔

人因其思想而伟大。

人只不过是一根芦苇，是自然界最脆弱的事物；但他是一根能思想的芦苇。不必整个宇宙都拿起武器才能毁灭；一口气、一滴水就足以让他死亡。然而，就算宇宙毁灭了他，人却仍然要比毁灭他的东西高贵得多；因为他对自己即将死亡，以及宇宙对他所具有的优势心知肚明，而宇宙对此却一无所知。

所以，我们全部的尊严就在于思想。正是由于它而不是由于我们所无法填充的空间和时间我们才必须提高自己。因此，我们要努力好好地思想；这就是道德的原则。

能思想的芦苇——我应该追求自己的尊严，绝不是向空间而求，而是向自己的思想的规定而求。我占有多少土地都不会有用；由于空间，宇宙便囊括了我并吞没了我，有如一个质点；由于思想，我却囊括了宇宙。人既不是天使，又不是禽兽；但不幸就在于想表现为天使的人却表现为禽兽。

思想——人类的尊严之本。

因此，思想由于它的本性，就是一种惊人的、无与伦比的东西。它一定得具有出奇的缺点才能为人所蔑视；然而它又确实具有，所以再没有比这更加荒诞可笑的事了。思想因其本性如此伟大！却又因其本性如此卑贱！

但是，这种思想又是什么呢？它是多么愚蠢啊！人的伟大之所以是伟大，就在于他能认识到自己的可悲。一棵树并不能认识到自己的可悲。因此，认识（自己）可悲是可悲的；然而认识我们之所以是可悲，却是伟大的。

这所有的可悲其本身就证明了人的伟大。它是一位伟大君主的可悲，是一个下台的国王的可悲。我们没有感觉就不会可悲；一栋破房子就不会可悲。只有人才会可悲。Ego vir videns。

人的伟大——我们对于人的灵魂具有一种如此伟大的观念，以致我们不能忍受它受人蔑视，或不受别的灵魂尊敬；而人的全部幸福就在于这种尊敬。

人的伟大——人的伟大是如此明显，甚至从他的可悲里也可以得出这个结果。因为对于动物而言是天性的东西，对于人而言则称之为可悲；由此我们便可以认识到，人的天性现在既然有类似动物的天性，那么他就是从一种为他自己一度所固有的更美好的天性里面堕落下来的。

因为，若不是一个被废黜的国王，有谁会由于自己不是国王就觉得自己不幸呢？人们会觉得保罗·哀米利乌斯不再任执政官就不幸了吗？恰恰相反，所有人都觉得他已经担任过了执政官其实是幸福的，因为他的情况就是不可以永远担任执政官。然而人们觉得柏修斯不再做国王却是如此不幸——因为他的情况就是永远要做国王——以致人们对于他居然能活下去感到惊讶。谁会由于自己只有一张嘴而觉得自己不幸呢？谁又会由于自己只有一只眼睛而不觉得自己不幸呢？我们也许从不曾听说过由于没有三只眼睛便感到难过的，但如果连一只眼睛都没有，那就无论如何也没法安慰了。

对立性。在已经证明了人的伟大和卑贱之后——现在就让人尊重自己的价值吧。让他热爱自己吧，因为在他身上有一种足以美好的天性；可是让他不要因此也爱自己身上的卑贱吧。让他鄙视自己吧，因为这种能力是空虚的；可是让他不要因此也鄙视这种天赋的能力。让他恨自己吧，让他爱自己吧：他的身上有着认识真理和可以幸福的能力；然而他却根本没有获得真理，无论是永恒的真理，还是满意的真理。

因此，我要引导人们全力寻找真理并准备摆脱感情而追随真理（只要他能发现真理），既然他知道自己的知识被感情彻底蒙蔽；我要让他恨自身中的欲望——欲望本身就限定了他——以便欲望不会使他陷入盲目做出自己的选择的地步，并且不会在他做出选择之后陷入妨碍自己的地步。

四
有所保留才会有所创造

世界上的大多数痛苦，其实都是因为自己对事物判断失误，导致自己盲目行事，最后付出了巨大代价而造成的！

阅读应该是一种享受

威廉·萨默塞特·毛姆

首先，我要坚持的就是：阅读应该是一种享受。

既不能帮你获得学位，也不能助你养活自己；不能教会你驾船，也不能告诉你如何启动一辆坏了的汽车。但它们将使你的生活更丰富、更充实圆满而感到快乐，假如你们真的能享受这些书的话。

许多在文学史上举足轻重的著作，现在除了给专门研究的学者之外，没有必要让每个人都去读。生活在繁忙的现代，没有几个人有时间博览群书，除非与他们有直接关系的书籍。不论学者们对一本书的评价如何，就算他们异口同声地加以称赞，如果它不能真正让你感兴趣，对你来说，就没有意义。别忘了批评家也会犯错误，批评史上很多大错通常出自著名批评家之手。你正在阅读的书，对于你的意义，只有你自己才是最好的裁判。

每个人的看法都不会跟别人完全一样，最多只是在一定程度上类似。如果认为这些对我意义非凡的书，也该丝毫不差地对你意义非凡，那真是毫无道理。虽然，阅读这些书使我更觉富足，没有读过这些书，我一定不会成为今天的我，但我们请求你：如果你读了之后，觉得它们不适合你，那么，请放弃吧，除非你真正能享受它们，否则没有一点意义。

没有人必须尽义务地去读诗、小说或其他可归入纯文学之类的各种文学作品。他只能为乐趣而读，试问谁能要求那让某人快乐的事物一定也要让其他人觉得快乐呢？

读书的乐趣并不需要下流或肉欲。以往的智者们都认为只有知识的快乐最令人满足而且最能持久。养成阅读的习惯实在好处多多，没有多少运动能让你在过了盛年之后仍能从其中获得满足；除了独人牌戏、打棋谱、填字谜外，也没有多少游戏能不需同伴而自己玩，阅读就没有这种不便，几乎没有一种工作能像阅读这样——只除了针线活儿，但缝纫编织只用手指，无法约束不安定的精神——随时随地可以开始，一旦有重要的事必须要做时，又能立刻放下。

养成阅读的习惯等于为你自己建造一个避难所，几乎可以避开生命中所有的灾难。

我说“几乎”，因为我不能强辩说阅读可以缓和腹饥之苦与失恋之痛。但是五六本精彩的侦探故事，再加上一个热水袋，却能使任何人连最严重的感冒都毫不在意，如果我们被迫去读那些惹人厌倦的书，又怎能养成为阅读而阅读的习惯呢？

读书的方法，最好你还是按照自己的兴趣来读。

我也不劝你一定要读完一本再换另一本。从我自己来说，我发现五六本书同时读反而更合理。因为，我们做不到保证每天都有不变的心情，而且，就算在一天之内，也不一定会对一本书一直热情不减。……至于我，当然选择最适合自己的计划。早上，工作开始之前，我总要读一会儿书，内容不是科学就是哲学，因为这类书需要清新而且注意力集中的头脑，我的一天就这样开始了。

当一天的工作结束，心情轻松，又不想再从事激烈的头脑活动时，我就读历史、散文、评论与传记；晚上则看小说。此外，我手边总有一本诗集，准备在有读诗的心情时去读，在床头，我会放一本可以随时拿来翻看，也能在随便一个段落停止，心情一点不受影响的书，可惜的是，这种书真的很少。

欣赏趣味的转变，使得很多伟大之作的某些部分也变得沉闷起来。今天，我们不必再为18世纪最受欢迎的道德论说头疼，也不必再为19世纪流行的冗长的风景描写费神。懂得如何跳读，也就等于懂得如何阅读才能既有益又愉快。但我可没法告诉大家学习跳读的方法，因为这种技巧，我自己就没学会过。

我是一个非常糟糕的跳读者，我担心会漏掉一些可能对我有用的部分，于是不得不读进很多只能让我感觉疲倦的部分，而且每次当我一开始跳读，就无停不下来，直到全书结束为止，自己心中特别不满，因为我觉得自己这样做是不公平的。我忍不住会想：我好像完全没读过这本书似的。

文学上的自以为是，无论因为何种形式，都是最可憎的。某一类蠢人，他们看不起同伴，只是因为他们之间对某本书的评价观点不一，这真是不可原谅。此外，在文学鉴赏方面的自吹自擂也非常讨厌，即使所有最好的批评家都对某本书评价极高，而只有你不以为然，你也不要觉得尴尬。但是对于你自己从未读过的书，最好不要加以恶评。

请不要认为快乐就是不道德的，所有的快乐本身都是很好的，知识造成的后果，常使敏感多虑的人想要逃避。快乐并不需要下流或者肉欲。以往的智者们都认为只有知性的快乐才最令人满足而且最能持久，“天才”通常是被使用得漫不经心的词，但我自己绝不会用这个词去称呼那些有三四本成功的剧本，或两三本成功的小说的作家。在我心中，天才是一种非常珍贵的品质，假如我以这个词去称呼我现在将要提及的作家中的任何一人，我想我会良心不安的。说他们具有才华已经足够了。他们之中，有些拥有很大的才华，有的就少一些。但是，他们大多数都有难以克服的困难，必须努力去克服。不管他们自己是否意识到这一点，为了要创造一个国家的文学，他们必须从自身所受外国影响的重重障碍中，跨过重重艰难险阻地开出新路来。

诗歌是文学的春花与皇冠，它不可能归于平凡。很多诗人一生中写过许多诗集，可是往往只留下两三首真正的好诗，我认为这这么评价他们就够了，只是我不愿意读那么多，收获却只有这么少。

做和尚的一百天

张大千

我的未婚妻，原本就是我的表姐，比我大三个月，我们的感情极好，可惜她过早死去。她叫谢舜华，尧舜的舜，中华的华……我由日本回来，本想回内江祭吊尽心，可是正逢张勋在闹复辟，兵荒马乱，我回不了四川，家兄又命我回日本，那年我二十岁。我二十一岁（一九二零年）由日本回来，当时我确实有过念头，今生不愿结婚了。

我家里信奉天主教，但我对佛学很有兴趣……

我当初决心要做和尚，是在松江的禅定寺，住持是逸琳法师，“大千”就是逸琳老方丈为我取的法名。起初，我完全根据佛经，崇奉释迦牟尼的方式：“日中一食，树下一宿。”

当时佛门中声望最高的，是宁波观宗寺的谛闲老法师，我决定到宁波去求见谛闲老法师。我由松江募化到了宁波，观宗寺的知客僧对我这个野和尚闭门不纳。我回到小客栈去想办法，就写了一封信给谛闲法师。据说谛闲老法师正在闭关，外人见不到。我这封信发生了效果，老法师回信叫我去见他。观宗寺的知客僧一见是我，大不高兴，报我这个野和尚不知趣，又来找麻烦。我笑着告诉他，这一次是你们老方丈请我来的，直到出示了谛闲法师信，他才无话可说，让我进门。

谛闲法师让我去，是看了我的信，认为字里行间颇有灵性。我与老法师天天论道，听他谈经说法。我虽说原本是去观宗寺求戒的，但临到要烧戒时我又怀疑了。

我与老法师辩论，我说佛教原没有烧戒这个规矩，由印度传入中国初期，也不兴烧戒。烧戒是梁武帝创造出来的花样，梁武帝信奉佛教后，大赦天下死囚。赦了这些囚犯，又怕他们再犯罪恶，才想出烧戒疤这一套来，以戒代囚。我说我信佛，又不是囚犯，何必要烧戒，不烧戒，也不违释迦的道理。

谛闲老法师说，你既是在中国，就应遵奉中国佛门的规矩。他又譬喻说：信徒如野马，烧戒如笼头，上了笼头的野马，才变驯成良驹。我回答他说，有不需笼头的良驹，难道你老人家就不要么？老法师笑而不答。

谛闲老法师当时已是七十多岁的高龄，我二十刚出头，少年气盛，辩论时老法师好耐心，我曾出妄言说："您老人家是当代高僧，可是我已得道成佛您不知道。"老人家笑叱我一句："强辞夺理！"

辩论了一夜，并无结论，老法师并未答应我可以不烧戒。

我记得那天是腊月初八，第二天就要举行剃度大典。我实在想不通，要我烧戒也不甘心，终于在腊月初八那天，逃出观宗寺！

我当时虽然逃出了观宗寺，但我并不是要还俗，我只是不愿意烧戒，我打算到杭州西湖灵隐寺去，投奔一位认识的和尚。到了西湖旗下营，要过渡到岳墓，渡船钱要四个铜板，我当时只有三个铜板。我想他对出家人总可以客气点，上了船，就对他说明我的钱不够，请他慈悲。哪晓得船夫不但不慈悲，反而开口就骂，他说天天摇船摆渡，你们和尚来去多得很，如果个个都要我慈悲，我岂不是要喝西北风！

我忍气吞声，心想既然做了和尚，还争什么意气，逞啥子强。过了渡，倾其所有给他三个铜板，心想所欠有限，他会高抬贵手，让我走的。哪晓得他一把抓住我的僧衣不放，破口大骂，骂我野和尚不给钱。我也开口回骂。更令我恼火的，是他把我穿的和尚礼服“海青”扯破了，游方和尚没有海青，就不能挂单。

骂人还不要紧，拉扯之间，船夫竟然用桨来打我，我一怒之下夺过桨来，就把他打倒。

他大叫救命，岸边的闲人等，也大叫野和尚打人，但是没有谁敢阻挡我了。

这件事对我刺激很深，那时候究竟是血气方刚，一点不能受委屈。我开始想到了和尚不能做，尤其是没有钱的穷和尚更不能做……

我仍然到灵隐寺寄住了两个月……

上海的朋友，不讳言自己的苦闷。上海的朋友们，也认为我

长期寄居在西湖灵隐寺不是办法。他们建议：就是要住在庙里，也不妨住到上海附近的庙里来。我同意这办法不错，若到了上海附近，可以经常与朋友接触谈书论画，可免寂寞烦闷……

上海的朋友来信说：已代我接洽好两处庙子，我可以去挂单寄住。他们不告诉我庙在哪里，只约我某月某日坐火车到上海，他们指定我在北站下车，说是来接我，然后陪我去庙里。那一天，我完全遵照他们的约定，到了北站下车，正在东张西望找我的朋友时，人群中突然有人抓住我的手膀子，大喝一声："总算把你捉住了！看你还能朝哪里逃！"

原来我是被我的朋友们"出卖"了，他们不但没有来接我，早已用电报通知我二家兄，由四川赶来，等在月台上抓我！

二家兄免不了把我一顿好骂。当天就动身，把我押回四川，而且回家后就在母兄命令之下结了婚。没想到家里已经另外为我订好亲事，结婚这年，我二十二岁，我的原配名曾正蓉。

由松江禅定寺开始，到上海北站月台我被二家兄抓住为止，前后刚巧又是一百天。

我们现在怎样做父亲

鲁迅

我作这一篇文的本意，其实是想研究怎样改革家庭；又因为中国亲权重，父权更重，所以尤想对于从来认为神圣不可侵犯的父子问题，发表一点意见。总而言之：只是革命要革到老子身上罢了。但何以大模大样，用了这九个字的题目呢？这有两个理由：

第一，中国的“圣人之徒”，最恨人动摇他的两样东西。一样不必说，也与我辈决不相干；一样便是他的伦常，我辈却不免偶然发几句议论，所以株连牵扯，很得了许多“铲伦常”“禽兽行”之类的恶名。他们以为父对于子，有绝对的权力和威严；若是老子说话，当然无所不可，儿子有话，却在未说之前早已错了。但祖父子孙，本来各各都只是生命的桥梁的一级，决不是固定不易的。现在的子，便是将来的父，也便是将来的祖。我知道我辈和读者，若不是现任之父，也一定是候补之父，而且也都有做祖宗的希望，所差只在一个时间。为想省却许多麻烦起见，我们便该无须客气，尽可先行占住了上风，摆出父亲的尊严，谈谈我们和我们子女的事；不但将来着手实行，可以减少困难，在中国也顺理成章，免得“圣人之徒”听了害怕，总算是一举两得之至的事了。所以说，“我们怎样做父亲”。

第二，对于家庭问题，我在《新青年》的《随感录》（二五，四十，四九）中，曾经略略说及，总括大意，便只是从我们起，解放了后来的人。论到解放子女，本是极平常的事，当然不必有什么讨论。但中国的老年，中了旧习惯旧思想的毒太深了，决定悟不过来。譬如早晨听到乌鸦叫，少年毫不介意，迷信的老人，却总须颓唐半天。虽然很可怜，然而也无法可救。没有法，便只能先从觉醒的人开手，各自解放了自己的孩子。自己背着因袭的重担，肩住了黑暗的闸门，放他们到宽阔光明的地方去；此后幸福地度日，合理地做人。

还有，我曾经说，自己并非创作者，便在上海报纸的《新教训》里，挨了一顿骂。但我辈评论事情，总须先评论了自己，不要冒充，才能像一篇说话，对得起自己和别人。我自己知道，不特并非创作者，并且也不是真理的发现者。凡有所说所写，只是就平日见闻的事理里面，取了一点心以为然的道理；至于终极究竟的事，却不能知。便是对于数年以后的学说的进步和变迁，也说不出会到如何地步，单相信比现在总该还有进步还有变迁罢

了。所以说，“我们现在怎样做父亲”。

我现在心以为然的道理，极其简单。便是依据生物界的现象，一，要保存生命；二，要延续这生命；三，要发展这生命（就是进化）。生物都这样做，父亲也就是这样做。

生命的价值和生命价值的高下，现在可以不论。单照常识判断，便知道既是生物，第一要紧的自然是生命。因为生物之所以为生物，全在有这生命，否则失了生物的意义。生物为保存生命起见，具有种种本能，最显著的是食欲。因有食欲才摄取食物，因有食物才发生温热，保存了生命。但生物的个体，总免不了老衰和死亡，为继续生命起见，又有一种本能，便是性欲。因性欲才有性交，因有性交才发生苗裔，继续了生命。所以食欲是保存

自己，保存现在生命的事；性欲是保存后裔，保存永久生命的事。饮食并非罪恶，并非不净；性交也就并非罪恶，并非不净。饮食的结果，养活了自己，对于自己没有恩；性交的结果，生出子女，对于子女当然也算不了恩。——前前后后，都向生命的长途走去，仅有先后的不同，分不出谁受谁的恩典。

可惜的是中国的旧见解，竟与这道理完全相反。夫妇是“人伦之中”，却说是“人伦之始”；性交是常事，却以为不净；生育也是常事，却以为天大的大功。人人对于婚姻，大抵先夹带着不净的思想。亲戚朋友有许多戏谑，自己也有许多羞涩，直到生了孩子，还是躲躲闪闪，怕敢声明；独有对于孩子，却威严十足，这种行径，简直可以说是和偷了钱发迹的财主，不相上下了。我

并不是说，——如他们攻击者所意想的，——人类的性交也应如别种动物，随便举行；或如无耻流氓，专做些下流举动，自鸣得意。是说，此后觉醒的人，应该先洗净了东方固有的不净思想，再纯洁明白一些，了解夫妇是伴侣，是共同劳动者，又是新生命创造者的意义。所生的子女，固然是受领新生命的人，但他也不永久占领，将来还要交付子女，像他们的父母一般。只是前前后后，都做一个过付的经手人罢了。

生命何以必须继续呢？就是因为要发展，要进化。个体既然免不了死亡，进化又毫无止境，所以只能延续着，在这进化的路上走。走这路须有一种内的努力，有如单细胞动物有内的努力，积久才会繁复，无脊椎动物有内的努力，积久才会发生脊椎。所以后起的生命，总比以前的更有意义，更近完全，因此也更有价值，更可宝贵；前者的生命，应该牺牲于他。

但可惜的是中国的旧见解，又恰恰与这道理完全相反。本位应在幼者，却反在长者；置重应在将

来，却反在过去。前者做了更前者的牺牲，自己无力生存，却苛责后者又来专做他的牺牲，毁灭了一切发展本身的能力。我也不是说，——如他们攻击者所意想的，——孙子理应终日痛打他的祖父，女儿必须时时咒骂他的亲娘。是说，此后觉醒的人，应该

先洗净了东方古传的谬误思想，对于子女，义务思想须加多，而权力思想却大可切实核减，以准备改作幼者本位的道德。况且幼者受了权力，也并非永久占有，将来还要对于他们的幼者，仍尽义务，只是前前后后，都做一切过付的经手人罢了。

“父子间没有什么恩”这一个断语，实是招致“圣人之徒”面红耳赤的一大原因。他们的误点，便在长者本位与利己思想，权力思想很重，义务思想和责任心却很轻。以为父子关系，只须“父兮生我”一件事，幼者的全部，便应为长者所有。尤其堕落

的，是因此责望报偿，以为幼者的全部，理该做长者的牺牲。殊不知自然界的安排，却件件与这要求反对，我们从古以来，逆天行事，于是人的能力，十分萎缩，社会的进步，也就跟着停顿。我们虽不能说停顿便要灭亡，但较之进步，总是停顿与灭亡的路相近。

自然界的安排，虽不免也有缺点，但结合长幼的方法，却并无错误。他并不用“恩”，却给予生物以一种天性，我们称他为“爱”。动物界中除了生子数目太多——爱不周到的如鱼类之外，

总是挚爱他的幼子，不但绝无利益心情，甚或至于牺牲了自己，让他的将来的生命，去上那发展的长途。

人类也不外此，欧美家庭，大抵以幼者弱者为本位，便是最合于这生物学的真理的办法。便在中国，只要心思纯白，未曾经过“圣人之徒”作践的人，也都自然而然的能发现这一种天性。例如一个村妇哺乳婴儿的时候，决不想到自己正在施恩；一个农夫取妻的时候，也决不以为将要放债。只是有了子女，即天然相爱，愿他生存；更进一步的，便还要愿他比自己更好，就是进化。这离绝了交换关系利害关系的爱，便是人伦的索子，便是所谓“纲”。倘如旧说，抹杀了“爱”，一味说“恩”，又因此责望报偿，那便不但败坏了父子间的道德，而且也大反于做父母的实际的真情，播下乖剌的种子。有人做了乐府，说是“劝孝”，大意是什么“儿子上学堂，母亲在家磨杏仁，预备回来给他喝，你还不孝么”之类，自以为“拼命卫道”。殊不知富翁的杏酪和穷人的豆浆，在爱情上价值同等，而其价值却正在父母当时并无求报的心思；否则变成买卖行为，虽然喝了杏酪，也不异“人乳喂猪”，无非要猪肉肥美，在人伦道德上，丝毫没有价值了。

所以我现在心以为然的，便只是“爱”。

无论何国何人，大都承认“爱己”是一件应当的事。这便是保存生命的要义，也就是继续生命的根基。

因为将来的运命，早在现在决定，故父母的缺点，便是子孙灭亡的伏线，生命的危机。易卜生做的《群鬼》（有潘家洵君译本，载在《新朝》一卷五号）虽然重在男女问题，但我们也可以看出遗传的可怕。欧士华本是要生活，能创作的人，因为父亲的不检，先天得了病毒，中途不能做人了。他又很爱母亲，不忍劳他服侍，便藏着吗啡，想待发作时候，由使女瑞琴帮他吃下，毒杀了自己；可是瑞琴走了。他于是只好托他母亲了。

欧："母亲，现在应该你帮我的忙了。"

阿夫人："我吗？"

欧："谁能及得上你。"

阿夫人："我！你的母亲！"

欧："正为那个。"

阿夫人："我，生你的人！"

欧："我不曾教你生我。并且给我的是一种什么日子？我不要他！你拿回去罢！"

这一段描写，实在是我们做父亲的人应该震惊戒惧佩服的；决不能昧了良心，说儿子理应受罪。这种事情，中国也很多，只要在医院做事，便能时时看见先天梅毒性病儿的惨状；而且傲然地送来的，又大抵是他的父母。但可怕的遗传，并不只是梅毒，另外许多精神上体质上的缺点，也可以传之子孙，而且久而久之，连社会都蒙着影响。我们且不高谈人群，单为子女说，便可以说凡是不爱己的人，实在欠缺做父亲的资格。就令硬做了父亲，也不过如古代的草寇称王一般，万万算不了正统。将来学问发达，社会改造时，他们侥幸留下的苗裔，恐怕总不免要受善种学（Eugenics）者的处置。

倘若现在父母并没有将什么精神上体质上的缺点交给子女，又不遇意外的事，子女便当然健康，总算已经达到了继续生命的目的。但父母的责任还没有完，因为生命虽然继续了，却是停顿不得，所以还须教这新生命去发展。凡动物较高等的，对于幼雏，除了养育保护以外，往往还教他们生存上必需的本领。例如飞禽便教飞翔，鸷兽便教搏击。人类更高几等，便也有愿意子孙更进一层的天性。这也是爱。上文所说的是对于现在，这是对于将来。只要思想未遭锢蔽的人，谁也喜欢子女比自己更强，更健康，更聪明高尚，更幸福；就是超越了自己，超越了过去。超越便须改变，所以子孙对于祖先的事，应该改变，“三年无改于父之道可谓孝矣”，当然是曲说，是退婴的病根。假使古代的单细胞动物，也遵着这教训，那便永远不敢分裂繁复，世界上再也不会有人类了。

幸而这一类教训，虽然害过许多人，却还未能完全扫尽了一切人的天性。没有读过“圣贤书”的人，还能将这天性在名教的斧钺底下，时时流露，时时萌蘖；这便是中国人虽然凋落萎缩，却未灭绝的原因。

所以觉醒的人，此后应将这天性的爱，更加扩张，更加醇化；用无我的爱，自己牺牲于后起新人。开宗第一，便是理解。往昔的欧人对于孩子的误解，是以为成人的预备；中国人的误解是以为缩小的成人。直到近来，经过许多学者的研究，才知道孩子的世界，与成人截然不同；倘不先行理解，一味蛮做，便大碍于孩子的发达。所以一切设施，都应该以孩子为本位，日本近来，觉悟的也很不少；对于儿童的设施，研究儿童的事业，都非常兴盛了。第二，便是指导。时势既有改变，生活也必须进化；所以后起的人物，一定尤异于前，决不能用同一模型，无理嵌定。长者须是指导者协商者，却不该是命令者。不但不该责幼者供奉自己；而且还须用全副精神，专为他们自己，养成他们有耐劳作的体力，纯洁高尚的道德，广博自由能容纳新潮流的精神，也就是能在世界新潮流中游泳，不被淹没的力量。第三，便是解放。子女是即我非我的人，但既已分立，也便是人类中的人，因为即我，所以更应该尽教育的义务，交给他们自立的能力；因为非我，所以也应同时解放，全部为他们自己所有，成一个独立的人。

这样，便是父母对于子女，应该健全的产生，尽力的教育，完全的解放。

但有人会怕，仿佛父母从此以后，一无所有，无聊之极了。这种空虚的恐怖和无聊的感想，也即从谬误的旧思想发生；倘明白了生物学的真理，自然便会消灭。但要做解放子女的父母，也应预备一种能力。便是自己虽然已经带着过去的色彩，却不失独立的本领和精神，有广博的趣味，高尚的娱乐。要幸福么？连你的将来的生命都幸福了。要“返老还童”，要“老复丁”么？子女便是“复丁”，都已独立而且更好了。这才是完了长者的任务，得了人生的慰安。倘若思想本领，样样照旧，专以“勃谿”为业，行辈自豪，那便自然免不了空虚无聊的苦痛。

或者又怕，解放之后，父子间要疏隔了。欧美的家庭，专制不及中国，早已大家知道；往者虽有人比之禽兽，现在却连“卫道”的圣徒，也曾替他们辩护，说并无“逆子叛弟”了。因此可知：唯其解放，所以相亲；唯其没有“拘挛”子弟的父兄，所以也没有反抗“拘挛”的“逆子叛弟”。若威逼利诱，便无论如何，决不能有“万年有道之长”。例便如我中国，汉有举孝，唐有孝悌力田科，清末也还有孝廉方正，都能换到官做。父恩谕之于先，皇恩施之于后，然而割股的人物，究属寥寥。足可证明中国的旧学说旧手段，实在从古以来，并无良效，无非使坏人增长些虚伪，好人无端的多受些人我都无利益的苦痛罢了。

都有“爱”是真的。路粹引孔融说，“父之于子，当有何亲？论其本意，实为情欲发耳。子之于母，亦复奚为，譬如寄物瓶中，出则离矣。”汉末的孔府上，很出过几个有特色的奇人，不像现在这般冷落，这话也许确是北海先生所说；只是攻击他的偏是路粹和曹操，教人发笑罢了。虽然也是一种对于旧说的打击，但实于事理不合。因为父母生了子女，同时又有天性的爱，这爱又很深广很长久，不会即离。现在世界没有大同，相爱还有差等，子女对于父母，也便最爱，最关切，不会即离。所以疏隔一层，不劳多虑。至于一种例外的人，或者非爱所能勾连。但若爱力尚且不能勾连，那便任凭什么“恩威，名分，天经，地义”之类，更是勾连不住。

或者又怕，解放之后，长者要吃苦了。这事可分两层：第一，中国的社会，虽说“道德好”，实际却太缺乏相爱相助的心思。便是“孝”“烈”这类道德，也都是旁人毫不负责，一味收拾幼者弱者的方法。在这样社会中，不独老者难于生活，既解放的幼者，也难于生活。第二，中国的男女，大抵未老先衰，甚至不到二十岁，早已老态可掬，待到真实衰老，便更须别人扶持。所以我说，解放子女的父母，应该先有一番预备；而对于如此社会，尤应该改造，使他能适于合理的生活。许多人预备着，改造着，久而久之，自然可望实现了。单就别国的往时而言，斯宾塞未曾结婚，不闻他伦傺无聊；瓦特早没有了子女，也居然“寿终正寝”，何况在将来，更何况有儿女的人呢？

或者又怕，解放之后，子女要吃苦了。这事也有两层，全如上文所说，不过一是因为老而无能，一是因为少不更事罢了。因此觉醒的人，愈觉有改造社会的任务。中国相传的成法，谬误很多：一种是锢闭，以为可以与社会隔离，不受影响，一种是教给他恶本领，以为如此才能在社会中生活。用这类方法的长者，虽然也含有继续生命的好意，但比照事理，却决定谬误。此外还有一种，是传授些周旋方法，教他们顺应社会。这与数年前讲“实用主义”的人，因为市上有假洋钱，便要在学校里遍教学生看洋钱的法子之类，同一错误。社会虽然不能不偶然顺应，但绝不是正当办法。因为社会不良，恶现象便很多，势不能一一顺应；倘都顺应了，又违反了合理的生活，倒走了进化的路。所以根本方法，只有改良社会。

就实际上说，中国旧理想的家族关系父子关系之类，其实早已崩溃。这也非“于今为烈”，正是“在昔已然”。历来都竭力表彰“五世同堂”，便足见实际上同居的为难；拼命的劝孝，也足见事实上孝子的缺少。而其原因，便全在一意提倡虚伪道德，蔑视了真的人情。我们试一翻大族的家谱，便知道始迁祖宗，大抵是单身迁居，成家立业；一到聚族而居，家谱出版，却已在零落的中途了。况在将来，迷信破了，便没有哭竹，卧冰；医学发达了，也不必尝秽，割骨。又因为经济关系，结婚不得不迟，生育因此也迟，或者子女才能自存，父母已经衰老，不及依赖他们供养，事实上也就是父母反尽了义务。世界潮流逼拶着，这样做的可以生存，不然的便都衰落；无非觉醒者多，加些人力，便危机可望较少就是了。

但既如上言，中国家庭，实际久已崩溃，并不如“圣人之徒”纸上的空谈，则何以至今依然如故，一无进步呢？这事很容易解答。第一，崩溃者自崩溃，纠缠者自纠缠，设立者又自设立；毫无戒心，也不想到改革，所以如故。第二，以前的家庭中间，本来常有勃谿，到了新名词流行之后，便都改称“革命”，然而其实也仍是嫖钱至于相骂，要赌本至于相打之类，与觉醒者的改革，截然两途。这一类自称“革命”的勃谿子弟，纯属旧式，待到自己有了子女，也决不解放；或者毫不管理，或者反要寻出《孝经》，勒令诵读，想他们“学于古训”，都做牺牲。这只能全归旧道德旧习惯旧方法负责，生物学的真理决不能妄任其咎。

既如上言，生物为要进化，应该继续生命，那便“不孝有三无后为大”，三妻四妾，也极合理了。这事也很容易解答。人类因为无后，绝了将来的生命，虽然不幸，但若用不正当的方法手段，苟延生命而害及人群，便该比一人无后，尤其“不孝”。因为现在的社会，一夫一妻制最为合理，而多妻主义，实能使人群堕落。堕落近于退化，与继续生命的目的，恰恰完全相反。无后只是灭绝了自己，退化状态的有后，便会毁到他人。人类总有些为他人牺牲自己的精神，而况生物自发生以来，交互关联，一人的血统，大抵总与他人有多少关系，不会完全灭绝。所以生物学的真理，决非多妻主义的护符。

总而言之，觉醒的父母，完全应该是义务的，利他的，牺牲的，很不易做；而在中国尤不易做。中国觉醒的人，为想随顺长者解放幼者，便须一面清结旧账，一面开辟新路。就是开首所说的“自己背着因袭的重担，肩住了黑暗的闸门，放他们到宽阔光明的地方去；此后幸福的度日，合理的做人”。这是一件极伟大的要紧的事，也是一件极困苦艰难的事。

但世间又有一类长者，不但不肯解放子女，并且不准子女解放他们自己的子女；就是并要孙子曾孙都做无谓的牺牲。这也是一个问题；而我是愿意平和的人，所以对于这问题，现在不能解答。

一九一九年十月

当玫瑰花开的时候

佩·普拉多

老园丁培育出很多优良品种的玫瑰花。他如同蜜蜂一般把花粉从这朵花送到那朵花，在品种各异的玫瑰花中进行人工授粉。就这样，他培育出了很多新品种。这些新品种成了他的心肝宝贝，也引起了那些不愿意如蜜蜂般辛勤劳动的人的嫉妒。

他一朵花也没有摘下来送过人。因为这个原因，他得到一个自私、惹人嫌的名声。

有一位漂亮的夫人曾经来拜访他。这位夫人一样是空手而去，没有带走一朵花，只是嘴里反复嘟囔着园丁对她说的话。从那以后，人们除了说他自私、惹人嫌之外，又把他看成了疯子，再也没有人去搭理他了。

“夫人，您真漂亮！”园丁对那位美貌的夫人说，“我真愿意把我花园里的花全部奉献给您呀！但是，虽然我年纪已这么大了，但我仍然不知道怎样采摘下来的玫瑰花，才能算是一朵既完整又有生命的玫瑰花。您在笑话我吧？哦！您不要笑话我，我请您不要笑话我。”

老园丁把这位漂亮的夫人带到玫瑰园中，那里盛开着一种奇妙的玫瑰花，艳红的花朵好像是一颗鲜红的心被抛弃在蒺藜之中。

“夫人，您看，”园丁边用他那熟练的长满老茧的手抚摩着花朵边说，“我一直观察着玫瑰开花的全过程。那些红色的花瓣从花萼里长出来，就像是一堆小小的篝火喷吐出的红彤彤的火苗。难道把火苗从篝火中取出来，还能继续保持它那熊熊燃烧的火焰吗？

“花萼细嫩，慢慢地从长长的花茎上长了出来，而花朵则展现在花枝上。谁也无法准确地把它们截然分开——长到哪个阶段算是花萼，又从哪个阶段算作花朵？我还观察到当玫瑰树根往下伸展开来的时候，枝干就慢慢地变成白色，而它的根因地下渗出的水的作用，又同泥土紧紧地结合起来了。

“结果我根本不知道一朵玫瑰花该从哪儿开始算起，我又怎么能把它摘下来送给别人？如果偏要把它摘下来赠送给别人，那么，夫人，您知道吗，一种残缺的东西其生命是十分短暂的？

“每年到了10月，那含苞待放的玫瑰花蕾绽开了。我竭尽全力想知道玫瑰是在什么地方开始开花的。我从来没有胆量去说：‘我的玫瑰树开花了。’但我总是这样欢呼着：‘大地开花了，太棒了！’

“在年轻的时候，我财产丰富，身体健壮，面貌英俊，而且心地善良，为人厚道。那时曾有四个女人爱我。

“第一个女人爱我的财产。在那个女人手里，我的财产很快地被挥霍一空。

“第二个女人爱我健壮的身体，她要我跟她的敌人去搏斗，去打败他们。但是很快，我的精力就随着她的爱情一起枯竭了。

“第三个女人爱我英俊的外貌。她向我说了好多奉承的情话。我英俊的容貌随着我的青春一去不复返，那个女人对我的爱情也就结束了。

“第四个女人爱我善良厚道。她利用我这一点来为她自己谋取利益，最后我终于看出了她的虚伪，就把她抛弃了。

“那时，夫人，我就像是一株玫瑰树上的四朵玫瑰花，四个女人，每人摘去了一朵。但是，如果说一株玫瑰树可以迎送100个春天的话，那么一朵玫瑰花只能有一个春天。我那几朵可怜的玫瑰花，就是因此而永远地凋零了。

“从那之后，再也没有人从我的花园里拿走过一朵花。我对每个来到我这个花园的人说：‘你什么时候才能不醉心于那些被分割开的、不完整的东西呢？假如你真能把每件事物的底细明确地分清楚，假如你真能弄清玫瑰长到什么程度算作花萼，又从什么程度开始算作花朵的话，那么，你就到那玫瑰开花的地方去采摘吧！’”

世界上大多数错误都是因为自己判断失误造成的

本杰明·富兰克林

那时，我还只是一个7岁的小男孩，拿着钱便向一家儿童玩具专卖店跑去。忽然，我被一阵哨声吸引了——那是一个小男孩手中拿的一个哨子发出来的。于是，我便拿出自己身上所有的钱，也买了一个。

回到家后，我十分得意地吹响哨子，并拿着它满屋子乱跑，所有人都被我烦得不得了！

当我拿着哨子，说出他的价钱时，我的哥哥姐姐以及堂兄堂姐们一下子全都笑了，他们嘲笑我是个笨蛋，竟被别人骗了四倍多的钱，而那多出来的钱，都能买好多玩具了！

我觉得委屈极了，于是就哭了。

一种羞耻之心，几乎超过了那哨子带给我的快乐！后来，我牢牢地记住了这件事，它深深影响了我日后的生活。

当别人怂恿我去购买一些根本用不着的东西时，我就对自己说：“不能为了一个‘哨子’花太多的钱！”

那时，我已经知道要节约开支了。

当我成年后进入社会，通过人们的语言和行动，我亲眼见识到了许多人为了自己的“哨子”，最后付出了惨痛的代价！

有些趋炎附势的人，为了追求功名利禄，最后放弃了自己的节操和品德，搞得自己分崩离析！

还有些沽名钓誉的人，为了进入政坛，竟不惜一切代价，最后耽误了正事，更是落败破产！

还有一些吝啬的守财奴，他们为了自己的发财致富，变得一毛不拔，抛弃别人的尊重、好友的友谊，还有人类应有的德行！

一些生活腐化、耽于享乐的人们，只为尽情享受，最后，却成为了一个身体羸弱之人！

还有那些头脑愚钝的公子哥，每天就这样沉浸在好看的衣服、奢侈的豪宅、昂贵的马车中，根本不管钱财匮乏的可怕状况！

“实在是太可怜了！”我忍不住叹息，“这个‘哨子’太昂贵了，它们让你付出了太高的代价！确实是得不偿失啊，太愚蠢了！”

从这件事中，我领悟到一个小道理：世界上的大多数痛苦，其实都是因为自己对事物判断失误，导致自己盲目行事，最后付出了巨大代价而造成的！

倒退的一生

斯蒂芬·里柯克

他的一生向我揭示了一个我所体验过的最具启发性的寓言。

我第一次遇见贾金斯，或者说真正关注他，是在很多年前，那时我还是个孩子，正在外边野营。当时有人正要将一块木板钉在树上当搁板，贾金斯便走过去管闲事，说要帮他一把。

“停一下，”他说道，“你应该先把木板头锯掉再往上钉。”于是，贾金斯便四处去找锯子。找来锯子之后，还没有锯到两三下又放弃了。“这把锯子，”他说，“需要磨得锋利点。”于是他又去找锉刀。然后又发现在使用锉刀之前，必须先给锉刀上安一个顺手的手柄，为了给锉刀安手柄，他又去灌木丛中寻找小树，要砍下小树干，他又发现必须先把斧子磨锋利。当然，要把斧子磨锋利，他不得不把磨石先固定好，这样磨起来才顺手；可这又免不了要制作几根支撑磨石的木条。为了把这事儿办得好点，贾金斯决定做一条木匠用的长凳；可是没有一套齐全的工具是不可能做成这件事的。于是，贾金斯到村里去找他所需要的工具，可是这一走，就再也没见他回来过。

过了几个星期，有人才在城里看见他；为了成批购买器具，他正在讨价还价。

自从第一件事发生之后，我渐渐和贾金斯熟了起来，非常了解他不管学什么都是半途而废。曾有一段时间，他废寝忘食地学习法语，但很快便发现想要真正掌握法语，必须先要对古法语了解得足够透彻，但是实践证明：没有对拉丁语的全面掌握和理解，根本不可能学好法语。贾金斯进而发现，掌握拉丁语的不二法门是学习梵文，因为梵文显然是拉丁语的基础。因此贾金斯便一头扎进梵文的学习之中，直到他发现，要正确地理解梵语，非学古伊朗语不可，因为它是语言的根本。然而，这种语言却早已经绝迹了。

这样，贾金斯不得不一切从头开始。确切地说，他确实在自然科学上获得过一些成绩。他研究过物理学，很快从对力的研究追溯到分子，又从分子到原子，再从原子到电子，当他的全部研究已扩展到无限的空间领域时，他却依然在那里追根溯源。

可想而知，贾金斯从未获得过什么学位，他所受过的教育也始终没发挥一点作用。

但这没关系。他非常有钱，可以拿出10万美元的资金直接开厂创业。一开始，他把这笔钱投资开一家煤气厂，可他发现造煤气所需的煤炭价钱昂贵，这让他亏损很多。于是，他以9万美元的价钱把煤气厂转让出去，开起了煤矿。可他又倒霉了，因为采矿机械的耗资惊人得多。于是，贾金斯把在矿里拥有的股份变卖成8万美金，转入了煤矿机器制造业。这样，他本来可以赚些钱的，偏偏用作工厂动力的是煤气，用量颇巨。于是贾金斯又以7万元的价钱卖掉他的制造业。

在那以后，他便像一个倒行的滑冰者，在有关的各种工业部门中滑进滑出，没完没了。

每年他都要大亏一笔，尤其是在生意兴隆的好年头。反而在生意不景气、商品积压的晦气日子里，他干得挺不错。

贾金斯的家庭生算得上是平淡稳定。

当然他从未结过婚。但说实话，他也谈过好几次恋爱，虽然每一次都没有下文。

我还清楚地记得他的初恋故事，当时我和他交往很多，无话不谈。他对一位姑娘一见钟情，十分坦率地向她表露了心迹。“我想请求她做我的妻子。”他对我说。

“什么时候？”我问他，“就办婚礼吗？”

“不，”他回答说，“我得先让自己配得上她。”

为此，他开始在精神品德方面陶冶自己。他去一所周日学校教了一个半月的课，这时他意识到，如果一个人不打算首先系统地学习巴勒斯坦历史，就别想在教学这种神圣的职业中做出一番成就。他还认为，当一个人对以色列的历史仅仅知道点皮毛，就想去追求一个女人，那简直就是个无赖了。因此，贾金斯自动退出了。当他认为到了问心无愧、可以开口求婚之日，已经浪费了两年时间了。这时，那位姑娘早已嫁给一个笨蛋，脚上穿着漆皮长靴。

自然，贾金斯又再次陷入爱情之中。无论如何，这一次他的思想品德是相当够资格了。

这一次他如痴如醉地爱上了一位迷人的、有5个妹妹的姑娘。无论哪位名副其实的男子汉，肯定会一见钟情地爱上像她这样的姑娘。这样的话，贾金斯一定会向姑娘求婚的。可是当他去姑娘家时，遇见的却是她家的二妹。当然这位妹妹更年轻，于是贾金斯便喜欢上了二妹。可是一天晚上，当他去姑娘家拜访时，开门的是一位更小的妹妹。这一来，贾金斯只好倒回去挨个地把姐妹几个对比了一番，到最后一个也没得到。也许贾金斯从未结成婚倒是件好事，因为贾金斯的情形越来越差，越来越穷，结了婚会陷入更困难的局面。你知道，他卖掉了最后一项营生的最后一份股份后，便用这笔钱买了一份逐年支取的终生年金。可是这样一来，支取的金额将会逐年减少，因此他要是活得时间长了，早晚得饿死。

与此同时，他的外貌大变样，看上去既衰老又古怪，上衣短了一截，裤子悬在破靴上，活像个流浪汉，他那张脸也像个小老头，布满了道道皱纹。

而且他一说起话来总是追忆过往，他老是喋喋不休地给别人讲述自己在过去的快乐时光所经历的故事，提到形形色色的人。

比如，他说道——“我想起一件非常古怪的事情：那天我在火车上遇到——”如果这时候你问：“那是什么时候的事了，贾金斯？”那么，他会用一种迷惑的目光看着你，好像正在推算时间，接着说道：“是1875年，或者是1876年，就我所能回忆到的，大概差不多是——”我还注意到，当他回忆这些往事时，总是往回追溯，越追越远。有一段时期，他讲的都是他年轻时候的往事，现在他讲的故事越发遥远了。

不久前的一天，他告诉我一个有关他和其他两位他称作哈普尔弟兄的故事，这兄弟俩一个叫勒德，一个叫乔，他说勒德这老兄力大无比。

我问勒德有多大岁数，贾金斯回答我说三岁。他还补充说另一位兄弟年龄更小，但却是个十足的机灵鬼，大约——说到这里，贾金斯停歇下来推算，大概有18个月吧。

于是，我才明白贾金斯追忆过往到了什么地步。他已经从童年退到了婴儿期。

而现在，当他的年金枯竭，到了山穷水尽的地步，他也就退到了生命的底线，究竟是死是活，我就无从知晓了。

但是，他的一生却向我揭示了一个我所体验过的最富有启发性的寓言。

真正的旅行欲望，用尽心思才能满足

赫尔曼·黑塞

正是冬天最冷的时刻。天空不是雪花飘舞，就是热风呼啸；突然冰封大地，突然遍地泥泞。田间的路已经走不了了。我和邻居的地方已经隔绝。在寒冷的清晨，湖面上升腾着茫茫白雾，湖水四周结出一圈光洁易碎的薄冰。可是，待到燥热的风一吹，湖水便又翻起深色波浪，顿时活跃起来；对着东方，它又会像在春天阳光明媚的日子，变得清澈蔚蓝。

我坐在暖烘烘的书房里，读些闲书，写些闲文，而且怀着闲思。不过，总得有人阅读年复一年创作和出版的作品。就因为没人想读，所以我就读。我这样做，一半是因为兴趣和友情，一半是为了使自己在读者和书堆之间扮演评论者和替罪羊。实际上，许多书写得很好，充满智慧，值得一读。尽管如此，我也会怪自己多此一举，觉得自己所要追求的目标彻底错了。

我经常去卧室待一会儿。那儿的墙上挂着一幅非常大的意大利地图。我的目光贪婪地扫视波河和亚平宁山脉，穿过托斯卡纳的绿色山谷，掠过沿海地图黄色的和蓝色的海滩海湾，斜扫西西里岛，最后迷失了方向，目光一闪，落在科孚岛上，到了希腊。亲爱的上帝，这许许多多的地方相互离得多么近啊！人们很快就可以到处游逛一遍。我激动地吹着口哨，回到书房，读闲书，写闲文，怀闲思。

去年，我旅行了6个月，前年旅了行5个月。其实，这对于一个一家之父、园丁和乡下人来说相当多了。前不久，我在旅途中病倒在异国他乡，动了手术，卧床了一段时间。回到家里，我觉得应该是——虽不能说是永远，但可以说很长时期内——安稳下来，享受家庭生活之乐的时候了。可是，身体还在越来越瘦，疲劳依然存在，我投入到书和写作上的时间还不到几个星期，心就又开始不安分了。有一天，太阳似乎又充满青春活力，把灿烂的光芒洒在公路上；一只黛黑的小船，扬起雪白的风帆，漂荡在湖水上。我情不自禁地想到人生苦短。突然间，一切决心、愿望和认识又统统无影无踪，唯一留下的是强烈的无法满足的旅行欲望。

啊，真正的旅行欲望非是其他，而是无异于这样的危险欲望：无畏地思索，彻底地翻转世界，对所有事、所有人都能做出回答。它无法通过计划、书本得到满足，它要求的东西更多，它要求付出更大代价。用尽心思才可能满足它。

燥热的西风掠过深色湖水，吹过我窗前。它没有目的，没有目标，然而却带着激情呼啸而过。它不断消耗自己，它不能抑制，无法满足。真正的旅行欲望，任何认识与经历都满足不了的求知欲望和体验欲望，亦是如此不能抑制，无法满足。这种欲望远比我们强大，远比任何锁链坚实。它控制了谁，它就要反复要求谁做出牺牲。不是有人歇斯底里地追逐金钱，追逐女人喜欢，追逐达官贵人宠信，竟然发展到敢冒最大风险和不惜自我毁灭的地步吗？

现在，我们怀有旅行欲望的人，追求的是：了解和亲眼看看母亲大地，和她融为一体，全部拥有和彻底奉献无法拥有、无法追求、只能幻想、只能渴望的东西。也许我们的这种追求和激情，与赌徒、奸商、唐璜（原为西欧传说中的虚构人物，后为著名的文学形象，浪荡子的象征，先后出现在莫扎特歌剧和莫里哀、梅里美、拜伦、萧伯纳等的作品里）式人物以及到处钻营者的追求没有多大区别且好不了多少。但是，面对黄昏，我觉得我们的追求较之他们的追求更美好，更有价值。

每当大地呼唤我们，每当归途召唤我们漫游者回家，每当床榻示意我们不知疲倦的人休息，我总觉得，一天的结束绝非代表着告别和畏惧屈从，而是让人心怀感激地，贪婪地品味最深的体验。我们对大地无处不感到好奇：南美洲，未发现的南海海湾，地球的南北极，还有风，江河，闪电，山崩——然而，我们对死，对最后和最勇敢地经历的死，更是感到无限好奇，因为我们知道，在所有的认识和经历中，唯独我们乐意为之奉献出生命的认识和经历才能是理应获得和令人满意的。

年轻的母亲

保尔·瓦雷里

这个一年中最佳季节的午后像一只熟意毕露的橘子一样的丰满。

全盛的园子，光，生命，慢慢地经过它们本性的完成期。我们简直可以说一切的东西，从原始起，所作所为，无非是完成这个刹那的光辉而已。幸福像太阳一样看得见。

年轻的母亲从她怀里小孩的面颊上闻出了她自己本质的最纯粹的气息。她拢紧他，为的是要使他永远是她自己。

她抱紧她所成就的东西。她忘怀，她乐意耽溺，因为她无尽期地重新发现了自己，重新找到了自己，从轻柔的接触这个鲜嫩醉人的肌肤上。她的素手徒然捏紧她所结成的果子，她觉得全然纯洁，觉得像一个完美的处女。

她恍惚的目光抚摩树叶、花朵，以及世界的灿烂的全体。

她像一个哲人，像一个天然的贤人，找到了自己的理想，照自己所应该的那样完成了自己。

她怀疑宇宙的中心是否在她的心里，或在这颗小小的心里——这颗心正在她的臂弯里跳动，将来也要来成就一切的生命。

什么都假，只有吃在肚里是真的

夏丏尊

说起新年的行事，第一件在我脑中浮起的是吃。回忆幼时一到冬季就日日盼望过年，等到过年将届就乐不可支，因为过年的时候有种种乐趣，第一是吃的东西多。

中国人是全世界善吃的民族。普通人家，客人一到，男主人即上街办吃场，女主人即入厨罗酒浆，客人则坐在客堂里口嗑瓜子，耳听碗盏刀俎的声响，等候吃饭。吃完了饭，大事已毕，客人拔起步来说“叨扰”，主人说“没有什么好的待你”，有的还要苦留：“吃了点心去”，“吃了夜饭去”。

遇到婚丧，庆吊只是虚文，果腹倒是实在。排场大的大吃七日五日，小的大吃三日一日。早饭，午饭，点心，夜饭，夜点心，吃了一顿又一顿，吃得不亦乐乎，真是酒可为池，肉可成林。

过年了，轮流吃年饭，送食物。新年了，彼此拜来拜去，讲吃局。端午要吃，中秋要吃，生日要吃，朋友相会要吃，相别要吃。只要取得出名词，就非吃不可，而且一吃就了事，此外不必有别的什么。

小孩子于三顿饭以外，每日好几次地向母亲讨铜板，买食吃。普通学生最大的消费不是学费，不是书籍费，乃是吃的用途。成人对于父母的孝敬，重要的就是奉甘旨。中馈自古占着女子教育上的主要部分。“食不厌精，脍不厌细”，“沽酒，市脯”，“割不正”，圣人不吃。梨子蒸得味道不好，贤人就可以出妻。家里的老婆如果弄得出好菜，就可以骄人。古来许多名士至于费尽苦心，别出心裁，考察出好几部特别的食谱来。

不但活着要吃，死了仍要吃。他民族的鬼只要香花就满足了，而中国的鬼仍依旧非吃不可。死后的饭碗，也和活时的同样重要，或者还更重要。普通人为了死后的所谓“血食”，不辞广蓄姬妾，预置良田。道学家为了死后的冷猪肉，不辞假仁假义，拘束一世。朱竹宁不吃冷猪肉，不肯从其诗集中删去《风怀二百韵》的艳诗，至今犹传为难得的美谈，足见冷猪肉牺牲不掉的人之多了。

不但人要吃，鬼要吃，神也要吃，甚至连没嘴巴的山川也要吃。有的但吃猪头，有的要吃全猪，有的是专吃羊的，有的是专吃牛的，各有各的胃口，各有各的嗜好，古典中大都详有规定，一查就可知道，较之于他民族的对神只作礼拜，似乎他民族的神极端唯心，中国的神倒是极端唯物的。

梅村的诗道“十家三酒店”，街市里最多的是食物铺。俗语说“开门七件事”，家庭中最麻烦的不是教育或是什么，乃是料理食物。学校里最难处置的不是程度如何提高，教授如何改进，乃是饭厅风潮。

俗语说得好，只有“两脚的爷娘不吃，四脚的眠床不吃”。中国人吃的范围之广，真可使他国人为之吃惊。中国人于世界普通的食物之外，还吃着他国人所不吃的珍馐；吃西瓜的实，吃鲨鱼的鳍，吃燕子的窠，吃狗，吃乌龟，吃狸猫，吃癞虾蟆，吃癞头鼋，吃小老鼠。有的或竟至吃到小孩的胞衣以及直接从人身上取得的东西。如果能够，怕连天上的月亮也要挖下来尝尝哩。

至于吃的方法，更是五花八门，有烤，有炖，有蒸，有卤，有炸，有烩，有醉，有炙，有熘，有炒，有拌，真正一言难尽。古来尽有许多做菜的名厨司，其名字都和名卿相一样煊赫地留在青史上。不，他们之中有的并升到高位，老老实实就是名卿相。如果中国有一件事可以向世界自豪的，那么这并不是历史之久，土地之大，人口之众，军队之多，战争之频繁，乃是善吃的一事。中国的肴菜已征服了全世界了。有人说中国人有三把刀为世界所不及，第一把就是厨刀。

不见到喜庆人家挂着的福禄寿三星图吗？福禄寿是中国民族生活上的理想。画上的排列是禄居中央，右是福，寿居左。禄也者，拆穿了说就是吃的东西。老子也曾说过：“虚其心实其腹”，“圣人为腹不为目”。吃最要紧，其他可以不问。“嫖赌吃着”之中，普通人皆认吃最实惠。所谓“着威风，吃受用，赌对冲，嫖全空”，什么都假，只有吃在肚里是真的。

吃的重要更可于国人所用的言语上证之。在中国，吃字的意义特别复杂，什么都会带了“吃”字来说。被人欺负曰“吃亏”，打巴掌曰“吃耳光”，希求非分曰“想吃天鹅肉”，诉讼曰“吃官司”，中枪弹曰“吃卫生丸”，此外还有什么“吃生活”，“吃排头”等等。相见的寒暄，他民族说“早安”“午安”“晚安”，而中国人则说：“吃了早饭没有？”“吃了中饭没有？”“吃了夜饭没有？”对于职业，普通也用吃字来表示，营什么职业就叫做吃什么饭。“吃赌饭”，“吃堂子饭”，“吃洋行饭”，“吃教书饭”，诸如此类，不必说了。甚至对于应以信仰为本的宗教者，应以保卫国家为职志的军士，也都加吃字于上。在中国，教徒不称信者，叫作“吃天主教的”，“吃耶酥教的”，从军的不称军人，叫作“吃粮的”，最近还增加了什么“吃党饭”，“吃三民主义”的许多新名词。

衣食住行为生活四要素，人类原不能不吃。但吃字的意义如此复杂，吃的要求如此露骨，吃的方法如此麻烦，吃的范围如此广泛，好像除了吃以外就无别事也者，求之于全世界，这怕只有中国民族如此的了。

在中国，衣不妨污浊，居室不妨简陋，道路不妨泥泞，而独在吃上分毫不能马虎。衣食住行的四事之中，食的程度远高于其余一切，很不调和。中国民族的文化，可以说是吃的文化。

佛家说六道轮回，把众生分为天、人、修罗、畜生、地狱、饿鬼六道。如果我们相信这话，那么中国民族是否都从饿鬼道投胎而来，真是一个疑问。

有所保留才会有所创造

阿尔贝·加缪

到了夜间，帕尔马的生机与活力缓缓退潮，汇拢到了市集背后乐音不绝的咖啡馆集中区。街道上黑沉静肃，直到要走到大门前，才发现有灯光和音乐从雕花门棂间流溢出来。我曾在其中一家咖啡馆里度过了将近整晚的时间。那咖啡馆只有一个小房间，长方形，极为低矮，涂了绿漆，挂着粉色花环。木质天花板上满是红色的小灯泡。这么小的地方，居然能塞进一片专供乐队演出的空地，一张摆放着五颜六色瓶瓶罐罐的吧台，还有众多肩臂相摩、挤得几乎无法呼吸的顾客，也算是一大奇观了。顾客是清一色的男人。屋子正中有两平方米的空地。仅有的一个服务员往来不休，把一杯杯、一瓶瓶的酒送往房间的四角。大家都多少有了几分酒意，所有的人都大声叫嚷。有个什么海军军官把恭维话连同酒嗝一起照我脸上喷过来。我这桌有个小矮子，老得看不出年纪，正在给我讲他这一生。但是我心里紧张，听不进去。乐队在奏乐，可是能听清楚的只有节拍，因为屋里的所有人都随着节拍跺脚相和。时而有新来的推门进来，人们就一边喧嚷一边在两把椅子间给他挤出个地方。

忽听铜钹震响，有个女人一跃登上表演的舞台，在最中央的小圈子里站定。“二十一岁。”军官跟我说。我惊愕不已。一张小姑娘的脸，却安在一座肉山上。她大概有一米八，看这身肥肉足得三百斤重。这女人穿件黄色鱼网装，网孔里漫出来一块块白肉，就像棋盘上的格子。她双手叉腰，粲然微笑，从嘴角两边各有一波软肉的微澜朝着耳朵漾去。群情鼎沸。显然这姑娘大家认识，并且喜欢，并且一直盼着她出场。她脸上还挂着微笑，环顾左右的酒客，檀口不开，笑容不减，只把肚腹扭摆着向前挺送出去。众人彩声如雷，要她唱一支看来是众所周知的歌。这歌全靠鼻音哼出，曲调是安达卢西亚风格，有强劲的三拍子鼓点伴奏。她一边唱，一边合着鼓点扭动全身，表演着爱的行为。这单调而热狂的动作卷起一阵阵货真价实的肉浪，从她的两胯直涌到肩头方才止息。满屋子人个个瞠目结舌。而她却又合着副歌左旋右转，双手托胸，绽开润泽的红唇，把这支歌接着唱下去；听众们与她齐声歌唱，最后全体起立，一片喧腾。

她站在人群中央，两腿分立，身上的汗黏嗒嗒的，头发披散下来。她挺直了几乎冲破黄色网装阻挡的巨硕肉躯，就像是不洁的女神正从波涛中升起。这姑娘双眼内凹，低矮的前额显得一副蠢相。她的膝盖微微颤抖着，就像一匹刚跑过比赛的马；除此之外，再没有迹象表明她还活着。在四下里击掌顿足的欢乐中间，她呆滞的眼睛透露着绝望，肚腹上厚厚地积了一层汗水，整个人就像是生活的一幅剪影，既卑琐又让人激动……

如果没有咖啡厅，没有报纸，旅行可就不容易了。使用我们母语的印刷物，晚上能够与他人挨肩而坐的地方——我们靠这些来摹拟平素熟习的举止，假装自己还是在故乡时的那个人；虽然从远处看去，那个人已经变得如此陌生。旅行的价值也正在于它带来的恐惧。我们的某种内在结构被打破了，没法再作弊了——再不能拿花在办公室或厂房里的时间作挡箭牌，一边就此高声抱怨，一边却全凭其荫蔽免受独处之苦。我一直想写几部小说，让其中的主角说："要是不能去办公室，我可该怎么办呢？"或者："我老婆死了。但是幸好我有一大堆明天要交货的订单等着处理。"在旅途中，这些逃避的借口都被没收了。我们的同胞远隔千里，我们的母语遥不可及，所有的倚靠都被剥夺，所有的假面都被扯去（我们什么都不知道，连街车的票价也不知道），于是我们无遮无挡地袒露在自身的表层了。但就在灵魂委顿之时，我们也重新认清了每个生灵、每样物品的神奇价值。一个女人在跳舞，脑子里虚虚荡荡；桌上有个酒瓶子，在帷幕后忽隐忽现——每幅图景都变成了一种象征，其中综括了我们个人此时此刻的生活，便也似乎折射出了生活的全体。一旦我们对于上天的每一种赐予都了然于胸，便可以饱享这些妙不可言、看似彼此相斥的醉人感受了（也包括清醒明澈带来的迷醉）。除了地中海沿岸，恐怕再也没有其他的土地曾像这样载着我远远地脱离自己，同时却又彻底地深入自己。

我在帕尔马的咖啡馆里体会到的情感大概就植根于此。然而在正午时分，当我置身于大教堂附近空荡荡的街区，穿行于有着凉爽中庭的古老宫殿之间，走在它们洒向道路的芬芳的影子里——那时我体会到的则是一种“迟缓”。街上空无一人。老妇人个个站在观景台上动也不动。我一路从宅第间走过，时而在种满绿色植物、立有灰石圆柱的庭院里驻足。我融化在这岑寂的气息中，忘却了物我之别；我只不过是自己脚下的步履声，或者是空中飞过的鸟群，身影在眼前墙上仍有日光处掠过。我也在圣弗朗西斯科修道院的哥特式小回廊里长久地流连，廊边成排的立柱精巧入微，像西班牙的古代纪念碑一般泛出金黄色的细腻光泽。中庭里种着夹竹桃和牡荆树，还有一口水井，熟铁打造的井栏上挂着一把已经锈蚀的长柄金属水舀。过路的人就用它打水喝。水舀归位时碰在井石上铿然的清音，我至今还时时记起。然而我在这座回廊里学到的却并非生活的甘美。一群鸽子响亮地扑拍着翅膀腾空飞去，惬意的沉静陡然降临在庭园之中，井上的铁链孤单地咯吱作响：我由此品尝到了一种既新鲜又熟悉的滋味。事物的表象登台做戏，这演出不可复得；而我心下澄明，展颜一笑。世界微笑的面孔呈现在水晶之中，但我觉得只要略一举手作势就会把这水晶打破。有什么东西会被破坏——鸽子会成群死掉，一只只伸着翅膀、缓缓地翻着筋斗栽下来。眼前的景致绝似幻境，只是因为我缄口不言、木然不动，它才多少显得切实可信。我也加入到这游戏之中。我把这表象接受下来，但不为之所感。明净柔和的金色日光把温暖洒向回廊黄色的石墙；一个女人从井中汲水；再过一小时、一分钟、一秒钟，或许就是现在，一切都要分崩离析了。然而这奇迹没有崩解；这世界得以延续其生命；它端庄合矩而带几分故作不觉的讥诮，就像女人间的友情可以又温柔又矜持一样。这平衡尚未告终结，却晕染上了一层对于终结的深切预感。

我对生活的全部热爱都在于此：这是对于我可能求而不得之物的默然不语的激情，是隐藏在炽烈之下的苦涩。我每天离开这座回廊时，都觉得像是从自身中被抽离出来，一时间成了绵延不绝的世界上的一个印迹。当时我想到多里斯地方的阿波罗像那全无神情的眼睛，想到乔托笔下僵直而无动作的人像——现在我明白这联想的起因了。就是在诸如此类的时刻，我才真切地领会到像这样的国度所提供的教益。有人能在地中海畔找到切实的信念和生活的准则，他们的理性在这里得到了满足，他们的乐观精神和社会责任在这里找到了根据——那真让我吃惊。因为我当时的领悟并非“这世界是为人类量身定做的”，而是它正从四面八方挤迫着人类。这些国度操持的语言与我内心深处回荡的声音起了共鸣，那也不是因为这语言解答了我的问题，而是因为它让这些问题不再有提出的必要。并没有谢恩的祷告向我唇边涌来，唯有那空无——只有看到被阳光碾碎的风景才可能孳生的空无。没有对生活的绝望，就没有对生活的热爱。

伊维萨岛的港口边散落着几处咖啡馆，我在岛上时每天都去坐坐。傍晚将近五点，有年轻的人们沿着防波堤散步，从一头走到另一头，往来不已。婚姻在这里酝酿，整个人生都在这里成形。像这样在全世界的注目下开始人生，让人觉得其中自有一种壮气。我坐下来，眼中还缭乱着白天的日光，脑海里还浮动着白色的教堂、刷了石灰的墙壁、枯干的田野、蓬乱的橄榄树林。我喝一杯甜丝丝的糖浆，一边凝望着面前起伏的山丘。和缓的坡地一路探向海边。暮色染上了几分苍翠。最高大的那座山头上有一架风车，桨叶正在最后几缕微风中回转。所有人都压低了声音，真是神奇，却又自然而然。没过多久，余下的就只有这片天空了，还有飘入空中的歌声一般的话语，恍若来自远方。在这黄昏的片刻中有种逝去如飞、令人怅惘的成分，这不是仅限于个人的感受，整个民族人人都对此有所体味。而我呢，我渴望付出爱意就像有人渴望哭泣。我觉得如果自己现在睡去，那么每睡一刻就是生命被偷走了一刻，因为正是那些充斥着尚未定型的渴念的时光构成了生命……我全身绷紧，一动不动——在帕尔马看歌舞表演时，在圣弗朗西斯科修道院的回廊里，就在那些生机勃发的时刻我也有过同样的感觉；我想要把世界握在掌心，这种无边无际的欲望压得我动弹不得。

我知道这样不对，不能把自己完全交托出去；有所保留才能有所创造。然而爱是不知限度的，如果我能把一切都拥在怀里，就算姿势笨拙又有什么关系呢？我在热那亚遇到几名女子，她们的笑容让我一整个上午都恋恋不舍。任谁都知道，我是再也见不着她们了；然而那刻骨的惋惜之情又岂是言词所能扑灭的？我在圣弗朗西斯科修道院的回廊里看着鸽群飞过那口小小的水井，忘却了胸中的焦渴；但或迟或早，这焦渴总是又返上心头。

阿尔及尔的夏天

阿尔贝·加缪

与一座城市分享的爱情往往是含而不露的爱情。像巴黎、布拉格，甚至佛罗伦萨这样的城市，是封闭式的，因而限制了它自身的天地。阿尔及尔以及某些得天独厚的地方，例如海滨城镇，向着天际敞开，如同一张大嘴或一个伤口。人们在阿尔及尔可能钟爱的东西，就是大家赖以生存的东西：每个街道转弯处均可瞥见的一角大海，阳光的浓烈，种族的优美。像通常一样，在此类放肆和奉献中，总可以发现一种更为含蓄的芬芳。在巴黎，你可能怀念空间和飞鸟。在这里，人至少得到满足，而且既然欲念有寄托，他就可以弄清自己有多少珍藏。

大概只有在阿尔及尔长期居住，才能理解过多的自然财富是多么枯燥。对于想学习、受教育或完善自己的人来说，这里是一无所有。这地方没有可学习的东西。它不做承诺，也不让你看到朦胧的前景。它满足于奉献，但那是丰盛的奉献。它完完全全呈现给视觉，一旦享受它，便了解它。它的乐趣无药可治，它的欢快也不提供前景。它所要求的，是清醒的灵魂，即不要求补偿的灵魂。它要求采取清醒的行动，有如博取信誉的行动。奇特的地方！它赋予被养育者自己的光辉和自己的苦难。在这些地方，一个敏感者得到的感觉财富，却与赤贫并存，这原也不足为奇。不存在同时不带着痛苦的真理。因此不足为怪的是：我恰恰在赤贫者当间儿，才最珍爱这地方的容颜！

人们在这里，整个青年时期，可获得与青春美相得益彰的生活。这以后便是下坡路和被遗忘了。他们以血肉之躯为本钱，但也明知会输钱的。在阿尔及尔，对年轻活泼的人而言，处处是隐身之处和扬扬得意的理由：海湾、阳光、通向海洋红白相间的平台、鲜花和体育场以及大腿嫩白的姑娘们。但对青春已逝的人们，就一无依靠，也没有消愁解闷的地方。在别的国家，意大利的平台、欧洲各处的修道院或是普罗旺斯地方错落有致的山丘，都是能躲避人群和悠然自得的所在。但在这里，一切都要求僻静，要求青年人的热血。歌德弥留之际呼唤着光明，这已成为历史名言。但在贝尔库尔和巴勃-艾尔-乌埃德，老头儿们却坐在咖啡店的一角，听任梳平贴发式的小伙子们在一旁自吹自擂。

这样的起起落落，在阿尔及尔是夏天为我们提供的。正是在这时候，城里空无一人。不过穷人和天空是走不开的。和穷人一道，我们并肩走向港湾和人间珍宝：温暖的海水和女人晒黑了的肉体。晚上，他们饱享这样的珍宝之余，便回到光亮的屋顶下、昏暗的煤油灯前，这便是他们日常生活的全部境遇了。

在阿尔及尔，人们不说“入浴”，而说“涮一涮”。不必过于拘泥。大家在海湾里游游水，再到浮标上歇一歇。游到已有漂亮姑娘占据的浮标，便对伙伴们喊道：“告诉你，这里已有一只海鸥啦！”这当然是无邪的玩笑。应当认为这正是年轻人的理想。大多数人冬天也这样，他们每天中午都光着身子晒太阳，算是一顿粗茶淡饭。这倒不是因为他们读了自然主义者枯燥的说教，那些人不过是肉体方面的基督教徒（关于身体的教条同心灵的教条一样可恶）。真正的原因，仅在于他们“在阳光下舒舒服服”。怎样高度评价这当代习俗也不算过分。两千年来头一回，可以在海滩上赤身裸体啦；两千年来，人们竭力要将希腊的放肆和纯真装扮得体面些，尽量少暴露血肉之躯，把服装弄得越来越复杂。如今且不管这段历史，年轻人在地中海海滩上的奔跑，已与古希腊德洛斯运动员优美的姿势相似。这样接近肉体并通过肉体来生活，便发现肉体有其特色、有其生命，并且冒昧地说，也有它自身的“心理学”。我要说说浅陋之见，对纪德赞美肉体的方式不敢苟同。他要求肉体克制欲望，从而使之更强烈。这样他就接近窑子里的行话所形容的“头脑复杂或心眼儿多”的嫖客了。基督教义也要求暂停施欲。不过还算自然，认为这是一门苦修课。我的伙伴万桑是箍桶匠兼少年蛙泳冠军，看问题更清楚。他如果想跟一个女人睡觉，就像口渴了饮水一样如此这般一番。倘若真爱她，便娶她（迄今未遇）。事毕，他总是说：肉体的发展正如精神的发展一样，有其历史、反复、进步和欠缺。仅有一点细微差别：肤色。

当人们夏天去海湾沐浴时，就意识到人人的皮肤都同时由白嫩转为金黄，再转为褐色，最后是烟草色，那是肌肤努力蜕变的极限了。港湾上方是喀斯巴区变化多端的白色小方屋。从水平线往前看，映衬着阿拉伯城区纯白天幕的，是人的躯体掀起的金黄波涛。随着转入八月，太阳更炽热了，房屋的白色更加耀眼，皮肤也晒得更黑。怎能不按照阳光和季节，来使自己融合到顽石与血肉的对话中去呢？整整一上午都消磨掉了。其间有跳水，有欢声笑语，有激浪嬉戏，有围绕红黑色货轮的轻舟荡漾（挪威的货轮飘着林木的清香；德国的货轮油味十足；沿着海岸送货的小轮溢出酒香和大酒桶的气息）。到阳光普照长天四角之际，满载褐肤健儿的独木舟飞驶着把我们送回岸上。接着那金色的双桨戛然而止，我们在船坞的静水中久久滑行。莫非与我一同在这平滑镜面上归来的，不就是一伙神灵？我终于辨明，他们就是我的兄弟！

可是在城市另一端，夏天已将另一些珍宝呈现给我们：那是恰成对照的静寂与厌倦。这静寂，依其来自阴影还是阳光而各不相同。笼罩于政府广场的，是正午的静寂。在四周树木的阴影下，阿拉伯人买五个铜板一杯的冰柠檬汁，它飘散着橘花的清香。他们交口称赞："真凉快！真凉快！"这赞美声在空旷的广场上荡漾。接着在烈日下又恢复万籁俱寂。在冷饮商的冰罐里，冰块正在旋转，我听见那丁丁的细声。还有午睡时分的静寂。在海军部附近的几条街上，在理发匠油腻腻的小铺门前，这静寂尤为分明，恰似有几只苍蝇躲在芦苇帘后发出节奏分明的嗡嗡声。其他如在喀斯巴区摩尔人的咖啡馆里，静寂的是人的躯体。它已无从脱身，离不开面前那杯茶，也做不到以沸腾热血来唤回青春。但最耐人寻味的还是夏夜的静寂。

正当白昼转入黑夜的瞬息，它有着种种迹象和呼号，铸成我心目中的阿尔及尔：那是与此紧紧相连的呀！当我暂别此地的时候，我想象它的黄昏有如幸福的遐想。在城市高处的山丘上，乳香黄连木和橄榄丛中蜿蜒着通途和幽径。我的心此刻转向它们。我仿佛看见一群群黑色的小鸟，自那里飞往绿色的天边。在太阳突然消失了的天空里，有点儿什么东西徐徐舒展。小小一片赤色的云渐渐延伸着，终于在空中融化了。几乎紧接着，第一颗星星升起，眼见它轮廓愈益分明，在渐渐浓重的夜色中站稳了。再以后，黑夜骤然吞食了一切。阿尔及尔行色匆匆的夜晚哪，你有什么不可企及的力量，将那么多情致拥进我的胸怀？你送到我唇边的柔情蜜意，我还未曾好好品尝，却已在黑夜中逃遁。难道这正是它经久不散的秘诀吗？这地方的温情令人陶醉，却稍纵即逝。但当这温情犹在之际，至少可以尽情享受。在帕多瓦尼海滩上，舞会是每天必办的。在这面对大海的巨大长方形场地中，本区的贫困青年尽兴而舞，直至夜深。我常常在那里静候特别时刻的来临。白天的舞厅有倾斜的木篷遮阳。日落之后，木篷被收起。于是，舞场上亮起独具特色的绿光，那是水天相接映出的光芒。如果你远离窗口而坐，就只能见得着一片夜空，它衬托着舞伴们的面容，如中国皮影一般渐次掠过。有时乐队奏出一支圆舞曲，只见得在绿色天幕下，人影幢幢不停旋转，就像唱片上贴的人影儿。黑夜很快来临，于是灯火通明。不过真无法形容在这妙不可言的时刻，我感到多么激动人心，又多么神秘莫测。我还记得一位身材高大的妙龄女郎，她整个下午都在跳舞。她那紧身蓝衣裙上戴着一只茉莉花的花环，汗水已将下半身衣裙洇得透湿。她边舞边笑，并且仰面向天。她从一桌一桌近边掠过时，留下了鲜花与肉体交融的芬芳。夜幕降临之后，我就看不见她紧贴着男舞伴的身子了。但衬在夜空上的，是轮番出现的白色茉莉花和浓密的黑发。当她高高挺起丰满的乳房时，我听见她那爽朗的笑声，也瞥见那男伴猛然弯下了身子。我对于天真无邪的概念，可以说得自这样的狂欢之夜。而那些性格暴烈的生物，我听说与旋转着欲念的夜空是难解难分的。

在阿尔及尔的街区电影院里，有时出售薄荷口香糖，有时上面刻上一些红字，都是挑逗爱情的句子：问："你什么时候娶我？""你爱我吗？"答："爱得发狂""春天娶你"。在稍作酝酿之后，人家便将薄荷糖转给女邻座，她如是作答，或仅仅装聋作哑。在贝尔库，就有过这样缔结良缘的事例，有人白头偕老就以此种交换薄荷糖做基础。这很能说明，这里的人童心未泯。

青春的标志，也许就是争取易得幸福的天然倾向。尤其是急于生活，形迹近乎浪费。在贝尔库犹如在巴勃-艾尔-乌埃德，人们很早结婚。就业也很早，十年间就遍历人生经验。一名三十岁的工人已历尽沧桑。他在妻子和孩子身边等死。他的幸福来得突然，并且不容分辩。他的生活亦复如是。于是人们悟到：他生长的国度，是提供而又回收一切之地。在这种充足与丰盛之中，生活像一条弧线，由许多突然的、苛刻的、慷慨大度的激情构成。

不是缔造生活，而是匆忙度日。因此问题不在思考和自我完善。例如在这里，地狱的概念不过是一种亲切的玩笑。只有非常讲道德的人，才允许此类想象。而我实在认为：在阿尔及利亚全境，道德是无意义的字眼。并不是因为这些人缺乏原则。人们有自己的道德，而且很独特。不能对自己的母亲“失敬”；在街上总要让自己的妻子受人尊重；对孕妇很照顾；不得两人同时扭打一个对手，因为“这太下流”。凡不遵守这些起码规矩的，“就不是好汉”，事情就这么解决。我认为这又公正，又有力。我们许多人还下意识地遵守这条“大街守则”，据我所知那是唯一大公无私的守则。但同时那种小店主的狭隘思想却没有市场。有人被警察押在街上走时，我总是看到周围的人流露出怜悯之心。还没有弄清是盗贼、弑父者，或仅仅是非国教徒，便喃喃道：“可怜的家伙！”或者还带点儿赞赏的口气说：“这一位嘛，是海盗呢！”

有的民族生来就充满自豪，并热爱生活。那也是特别容易厌烦的民族。它们关于死亡的感觉实在有些可厌。除去追求感官的乐趣，这个民族的娱乐是稚气的。三十岁以上的人，多年来满足于这样的消遣：滚球俱乐部、联谊会聚餐、三法郎一张门票的电影院，还有镇上的节庆。阿尔及尔的星期日是凄凄惨惨的。这头脑不发达的民族，怎能将生活中最厌恶的事装扮成神话呢？这里凡是涉及死亡的事情都是可笑或可怕的。这宗教感淡漠的民族不崇拜偶像，在群居而生之后，便孤孤单单地死。我见过的最不入目之地，要算布鲁林荫大道旁的公墓了。而它正对着世上最美的风景区之一。四周黑糊糊一片，中间堆砌着趣味恶俗的墓群，使人感到悲惨而可厌，死神在这里形态毕露。“一切都在消失，唯有怀念永存”，一些做成鸡心状的还愿牌上这样写着。所有的牌子都强调那不值一提的永垂不朽，其实是我们那些亲爱者廉价的祈愿。表达各种痛苦的是同样的语句，是对亡者寄语，用第二人称表示：“我们将永远怀念你”，真是悲惨得言不由衷。不过是向着坟里已变作一摊臭水的死者，说些具体的好话罢了。往别处走，在多得令人目眩的鲜花和大理石雕成的飞鸟当中，是大胆的祈愿：“你的墓前将永远有鲜花。”不过你马上可以放心：墓碑的铭文当间儿是金黄色仿大理石花束，对于生者而言是十分节约的（正如“不雕花”的美名，是乘有轨电车的生者惠赐的）。因为需要与时代并进，有人用珍珠拼成的“飞机”代替传统的夜莺，驾驶员雕成一脸蠢相，而且违背常识地为他加上一对天使的翅膀！

然而，怎样才能说明这些形象，反映着死亡，却从来与生存密不可分？这里的价值观是紧紧相连的。阿尔及尔收尸工人推着空车时，如果正巧遇上漂亮姑娘，最喜欢开的玩笑是：“你愿意上车吗，亲爱的？”不妨把这看作一种象征，虽然有些不吉利。看到一张讣告，一边映着左眼一边嘟哝：“可怜的死鬼，不会再高歌一曲啦！”说起来也颇有些亵渎神明。还有像这位奥兰女人，她从未爱过丈夫，后者一死她竟说：“上帝把他给了我，又把他收回。”但归根结底，我实在看不出死亡有何神圣之处。而恰恰相反，我感到恐惧与尊重是大相径庭的。在呼唤生命的国度，一切都流露出对死亡的厌恶。然而也正是在这座公墓的围墙下，贝尔库尔的年轻人相互约会，年轻姑娘接受亲吻和爱抚。

我很能理解，这样的民族不是所有的人都能接受的。在这里，智慧不像在意大利那样有地位。这个民族对灵智无动于衷，它赞赏和崇拜的是躯体。从它那里产生力量，产生天真的玩世不恭和稚气的虚荣心，这使它受到严厉的批评。一般人责难它的“心理状态”，即看待事物和生活的某种方式。的确是这样，生活紧张到一定程度，就不免有欠公道之处。这是一个没有历史、没有传统的民族，但却不无诗意。我深知这诗意的性质，它生硬、有血有肉，谈不上柔情蜜意，却正是天籁般的诗，唯一能打动我、激励我的诗。与文明的民族形成对照的，是有创造性的民族。这些在海滩上休闲的野蛮人，我不揣冒昧地希望：也许他们不知不觉地正在塑造一种文化，在那里，人类的宏伟壮观能如实反映出来。这整个投入到现实中的民族，是在没有神话、没有安慰之中生存。它将所有的财富赋予尘世，却在死亡面前束手无策。它被赋予天生的丽质。与此同时，有一种特殊的贪婪，伴随着这毫无前途的丰盛。人们在这里的所作所为，表明对稳定的厌恶和对未来的无忧无虑。人们匆匆忙忙地生活，如果能产生什么艺术，也是不会追求持久的艺术。正如多里斯人最早用木头雕成第一根圆柱。不过确实也可同时发现节制和过度。在这个民族慷慨激昂、奋不顾身的面容上，在这失去柔情的夏日长空中，在这长空下，什么真话都可以说，而任何欺世惑众的神明也未曾留下希望或救世的标志。在这长空和仰面相望者之间，没有余地置放神话、文学、伦理学或宗教，但却有乱石、有肉体、有星辰以及摸得着的真理。

感受到自己同一片土地的联系，自己对一些人的热爱、了解到总是有一处心灵得以和谐的地方，这对于一个人的毕生而言已是够繁忙的了。不过看来还不止于此。但在那灵魂的归宿处，一切都渴望着某些时刻。“不错，应当回归到那个地方”。普洛丁所祈愿的那种和谐，为什么不可在尘世复得呢？在这里，统一体现为阳光和大海。它使心灵能感受，借助的是某种对肉体的爱好，这爱好又铸成心灵的苦乐。我听说不存在超人的幸福，还听说在日月流逝之外并不存在永恒。这不足称道但却很重要的财富，这些相对的真理，却是唯一唤起我激情的真理。其他的真理及“理想”的真理，我心智不足，不敢高攀。并不是要装聋作哑，而是感受不到天使的幸福有何意义。我仅仅知道，这天空比我存在得更久。而我所谓的“永恒”，不就是指身后仍存在的事物吗？我这里的意思不是说人要迎合自己的境遇，那是另一回事。做人已非易事，何况做纯净的人。但所谓纯净，乃是找到灵魂的归宿，在那里能感受到尘世的亲近，血液的沸腾与下午两点钟阳光跳动的脉搏结合到了一处。人所共知，国之将亡，方图兴国。太为自己苦恼的人，故国正是抛弃他们的国度。我不愿变得粗暴，或者显得夸张。但归根结底，此生抛弃我的，首先是扼杀我的东西。一切赞扬生活的，同时也加深了生活的荒诞。在阿尔及利亚的夏天，我明白只有一件事比受苦受难更重要，那就是一名幸福者的生命。不过这也可能是一种更伟大生命的必经之途，因为它导向不弄虚作假。

的确，许多人装作热爱生活，以便避开爱情本身。有人试着享受和“体验体验”。但这是一种精神上的观点。要做一个享乐者，就必须具备罕见的禀赋。一个人的生活是在没有精神支援的情况下完成的，其间有进有退，有独处一隅，也有到场投入。只要看看贝尔库尔的人怎样干活、怎样保护老婆孩子（常常是无懈可击），我想你就会暗自羞愧。当然，我并不为自己制造幻想。在我所说的那种生活中，并没有太多的爱情。应当说，不再存在许多爱情。但至少没有故意避开任何事情。有些辞藻是我历来弄不明白的，例如“罪过”一词。不过我自认这些人没有犯下反对生活的罪过。因为如果存在反对生活的罪过，也许就犯不着对生活失望或寄托于来世，更不用回避来世必定会有的荣华富贵。这些人没有弄虚作假。他们二十岁时以生活的热情，充当了夏天的神灵；在被夺去一切希望之后，还仍然是夏天的神灵。我亲眼看见两个人丧生。他们样子可怖却寂静无声。这样是值得的，从装满人类大敌的潘多拉盒子里，古希腊人最后释放的是希望，认定那是最可怕的灾难。我没见过更激动人心的象征了。因为同一般看法相反，希望即等于忍受。而生活就是不要忍受。

至少这就是阿尔及利亚之夏的深刻教训。但季节已在渐变，夏天已渐渐过去。在那么多激烈阳刚的事情之后，飘来了九月最初的秋雨，仿佛被解放的大地最初的泪珠，又仿佛在三五天中这个国度满怀着柔情。然而就在同一时期，角豆树将爱的芬芳吹遍整个阿尔及利亚。每天晚上或在雨后时节，整个大地孕育着带有苦杏仁香味的种苗。在一个夏天委身于太阳之余，悠然自得地憩息着。此刻这股气息再次确认了人们与大地的良缘，使我们身上勃起了人世间唯一阳刚的爱情：那种并非永恒却极为慷慨的爱。

活在这非常富于刺激性的年头里，我敢喘一口气说，我相信一定有多数人成天里为观察听闻到的，牵动了神经，从跳动而有血裹着的心底下累积起各种的情感，直冲出嗓子，逼成了语言到舌头上来。这自然丰富的累积，有时更会倾溢出少数人的唇舌，再奔进到笔尖上，另具形式变成在白纸上驰骋的文字。这种文字便全是我们这个时代的出产，大家该千万珍视它！